글벗시선 215 최정식 첫 번째 시집

사람과 자연이 함께하는 삶의 소리

최정식 지음

도서출판 글벗

사람과 자연이 함께하는 소리

글을 써서 고객 앞으로 나선다는 것은 쉽지 않다. 아마도 춘삼월 봄 처녀 시집가는 것만큼이나 부끄러운 것인지도 모르겠다. 그만큼 어렵다는 것이다.

세상사 모든 일이 쉽게 되는 일이 어디에 있으랴.

쓰고 지우고를 반복하면서 다듬어 가는 과정을 거쳐 좀 더 나은 글로 대중 앞에 고개를 내밀어 기웃거리는 것일 것이다.

짧은 시간의 노력으로 큰 결실을 얻는다. 보람을 찾으면 좋겠으나, 실수투성이의 삶에서 바람도 맞고, 폭염과 태풍이 지난 다음에 한겨울 모진 한파의 된서리를 맞는다. 버티고 이기는 힘을 길러 극복해야 한다. 삶이라는 것이 그런 어려운 과정을 거치지 않고 쉽게 얻어지는 것은 없다.

글은 창작의 세계이다. 어떤 사물을 보고 느끼는 감정은 사람마다 안목이 다르다. 자기만의 직관과 관찰력으로 은유와 비유의 제스처가 묻어 연출되면서 하나의 글과 책이 완성되는 것이다.

오래전 걸음마 단계를 거쳐, 서투른 글솜씨는 우리 글 한글이 어렵다는 난관에 봉착하기도 했다. 글벗문학회를 통해 한글을 다시 배운다는 심정으로 어렵고 힘든 한글맞춤법을 찾아 수정하고 다듬고를 반복하는 쓰라린 아픔의 시간을 거치기도 하였다.

급기야는 개발된 한글맞춤법 검사기의 도움을 받아 잘못된 단어와 띄어쓰기 등을 찾아 수정하고 보완하는 경험을 하며 한 편 한 편의 시를 완성할 수가 있었다.

그런 심혈을 기울인 과정을 거쳐, 환한 미소를 지어 웃음꽃을 피우는 시집 한 권을 완성하는 기쁨을 맛보고서 멋을 낼 수가 있었다.

시집 『사람과 자연이 함께하는 삶의 소리』가 독자를 찾아 나서기에 이 책을 읽고서 삶의 자신감을 얻는 기회이면 좋겠다. 그리고 어렵고 힘든 삶의 아픔과 고통을 이겨내면 좋겠다고 말하고 싶다.

건강한 삶으로 사는 재미의 멋진 행복을 찾는 기회의 선물이 되면 좋겠다. 독자 여러분의 근심과 걱정이 없는 잘 살고 잘되는 삶이 되시라고 응원하고 싶다.

독자의 소리에 귀 기울이면서 삶의 보람과 희망으로 기쁨을 주는 아름답고 멋진 글을 써서 기쁨을 함께 나누며 누리고 싶은 것이 바보 아빠의 솔직한 마음이다.

2024년 5월

차 례

제2부 종자와 시인박물관에서

제3부 말과 인생살이

제4부 조언과 잔소리

제5부 나이와 건강

제1부

자연의 섭리

국화꽃 당신

장독대 옆 모퉁이
가을 햇살 먹은 국화 한 포기
꽃망울 맺더니 터트리네

일에 지쳐 시름 잠긴
우리 엄마 얼굴에 보조개로 피어
주름살 감추네

국화꽃 한 송이 꺾어
빈 병에 물을 채워 꽂으면 우리 엄마
해바라기 되었네

온돌방 모서리 두고
시들시들 수명이 다할 때까지 오래오래
눈길 주고 있네

국화꽃
우리 엄마 닮은 꽃 하늘나라에 피어
친구 있어 좋다고 웃음꽃이 되었네

우리 엄마 소풍 떠난 빈자리
일벌들이 날아들어 당신의 국화꽃 향기
먹고 있네

가을 소리

길었던 여름비
암울한 흔적 기억하기 싫은 상처 던지더니
사과도 없이 홀연히 떠난 여름날의
훼방꾼이다.

쓴맛의 진한 폭염
삶의 틈새에 끼어 지치고 힘들게 하더니
동네 어귀 팽나무에 밧줄로 묶어
술래잡기를 못하게 한다.

얼룩진 삶의 언저리
코로나 오염수 기상 기후 변화도
사는 재미없는 언저리에 얼룩 남기더니
열린 입싸움은 주름진 미움으로 남았다.

처서 지난여름
높은 하늘 솔바람 양떼구름 만들어
웃음꽃을 주더니 언덕배기 모퉁이에
이름 모를 들꽃이 쉬어가라 한다.

물 한 모금 빗줄기
매미 찌르레기 숨기고 귀뚜라미 고추잠자리
찾아들어 모퉁이 돌아 곡예비행 하더니
가을의 왕이라고 손을 잡는다.

나무 잎새 떨림
오색으로 물들여 곡예 비행하여 뒹굴더니
길모퉁이 도토리는 노인의 손놀림으로
다람쥐 밥을 주워간다.

밤낮의 기온 차이
여름 가고 가을이 왔으니
옷을 갈아입어
환절기 건강하라 귀띔하더니
가을 내음 던지고 훨훨 날아
가을이라고 알려준다.

걸음마

아기의 옹애 울음소리
세상에 알리고 세이레 지나 엷은 미소 예쁜 짓
재롱은 웃음꽃 되어 인생 소풍 걸음마 시작이네.

한없는 엄마의 정성 사랑은
모유 이유식 먹고 산전수전 공중전을 넘어
세상 놀이의 시작을 알려주네.

백일 지나 옹알이로 하얀 치아 나오더니
거센 울먹임은 안고 업고로 토닥이고
무거운 고개 들어 아장아장 포복으로
놀잇감 찾고 있네.

사랑 징표 끝이 나고,
밥맛 알고 웃음 꼬리 지으며 소꿉친구
큰소리로 엄마 불러 몸놀림 시작이네.

보조기구 밀고 당기어

평탄 길지나 고갯마루에 우뚝 서더니
홀로서기 걸음마 사는 재미 안겨주네.

아가는 사랑 먹고, 아픔과 다침 없는
꿈과 희망의 노래 부르며 인생 열매 맺어
100세 소풍이면 정말 정말 좋겠네.

도시락

동이 트는 새벽녘
엄마는 부뚜막에 앉아
계란프라이, 소시지 전을
정성으로 만드네.

초등학생 꼬마 아이
보자기로 도시락을 싸고
어깨 위로 둘러메고는
학교에 가네.

꼬르륵 소리
점심시간의 신호는 오고
보자기 풀어 헤쳐
난로 위에 도시락을 데우네.

하얀 밥 계란프라이와
소시지 전 단무지 하나이면
허기진 배에는 영양 듬뿍하고

어느새 배불뚝이 되었네.

엄마의 정성 가득 사랑도
모르고서 천진난만 얼씨구나
맛있네
싱글벙글 웃음꽃을 피우네.

알겠더라

어느 날 건강한 몸이
아리고 시리고 쓰라림으로 고통의 눈물을
흘리면서 아파보니 알겠더라.

꿈과 소망은
간절하고 절박한 심정으로 피눈물 나게
노력하면 이룬다는 것을 알겠더라.

진정한 친구는
가까이 있으면서 자주 만나 밥을 먹고
말벗이 되어 동행하니 알겠더라.

건강한 삶은 질병과 스트레스가 없는
섭생(攝生)과 간헐적 단식으로 자신의 몸을
아끼고 사랑하라는 것을 알겠더라.

나이가 들어가면서
눈으로 보고 귀로 듣고 말은 적게 하면서

돈을 쓰고 베풀면서 살라는 것을 알겠더라.

잘 산다는 것은
부와 명예의 높고 낮음보다는 베풀고 나누면서
덕을 쌓으라는 것을 알겠더라.

사람의 관계에서는
강자보다 약자를 위한 존중과 배려의 마음으로
정직하게 살라는 것을 알겠더라.

지난 세월의 뒤안길에서
일을 손에서 놓고 퇴직하여 쉬어가 보니
돈도 명예도 별거 아니었음을 알겠더라.

미루나무

키 큰 이름 많기도 하다.
북한강 자락 자라섬 남도 미루나무
하늘 찌르는 기세로 우뚝 선 자태
비탄과 애석함을 가졌다지.

봄이면 꽃 피고 집 지어
푸르른 5월 열매는 하늘 위 두둥실
조각구름 잡고 손 쥐어 친구 하더니
숨바꼭질하자네.

산들바람 삼각형 잎새는
팔랑개비가 되고 비바람에 쓰러짐 없는
강직함은 나그네의 발걸음 움켜잡고
쉬어가라 하네.

크는 속도 잡아둘 수 없어
고개 들어 흔들림 손짓으로 인사하고
그늘 아래 자리 내어 가던 길 멈추더니

놀다 가라 하네.

강둑 우뚝 서고
마을 어귀에 보초 서는 수호신
미루나무 꼭대기는 새들의 놀이터 되어
외롭지 않다고 하네.

쉬어가라 하네.
키 큰 미루나무 앞 그림 한 장 그려
저장고에 넣어두니 비바람 눈보라 맞아도
쓰러지지 않는다고 알리네.

미루나무
올곧게 커가는 마음
기억의 바구니에 담아두려네

깨 쏟아지는 소리

하얀 꽃 흔들림
싱글벙글 땀 흘림의 미소
사는 재미
행복이라지요.

불편한 일기
잘 자라 주었으니, 가는 손길마다
정성이고
사랑이었소.

씨알 주렁주렁
깨 쏟아지는 소리
농부의 꿈을 먹는 희망의
소리였소.

깨 베어 털면
깨 볶는 향기 피어나
힐링이었다고

세상에 알리라 하였소.

참깨 들깨
베어 털고 볶는 소리
엄마의 소리라고
말하라네.

자연의 섭리

자연은
아프다고 비명 높기만 하고
산과 들녘 강과 바다
사랑하라 말하네.

자연은
비 맞으니 사람이 먹는
채소류는 주저앉고
들풀과 잡초는 왕성하네.

자연은
호미질, 낫을 들고
풀을 뽑고 베려고 하였거늘 힘들면
곡식을 심으라 귀띔하네.

자연은
선조의 사랑 받아 자랐지만
세상의 변화에 짓밟히고 파괴되어

울고 싶다고 하소연이네.

자연은
흠집 내지 말고 본래의 자연으로 돌아가
돌려주면 좋겠다고 하소연하네.

자연은
오염시키지 말고, 버리지도 말고 가져가
좋은 세상 맑은 삶을 손자와 손녀에게
물려주라 하네

남이섬

남이섬은
가평 땅이 아닌 춘천 땅이라
강원도라 하네

가평에서
배를 타고 남이섬에 들어가면
춘천이고 가평과 경계이었다.

가랑잎처럼
청평호수에 떠 있는 섬
하늘까지 뻗어 오르는 나무와 잔디는
강물로 에워싸여 있다.

다람쥐 토끼 타조 새들이 모여
사람과 평화로운 삶을 나누고 누리는 곳
겨울연가 숨고 남이 공화국이라 한다.

섬에는

스물여섯 사나이의 용맹은 꺾어지고
그 자리에 남이장군의 묘가 지키고 있었으니
남이섬이라 하였다.

평시에는 육지 홍수에는 섬으로
동화 나라 노래의 남이섬
세계인의 꿈나라
남이 나라 공화국이란다.

욕망 비우고
색깔 없는 삶의 짐을 벗어 둔 채로
자연의 모습으로 자유를 누리면서 하는 말은
가꾸어 사랑하라 말한다.

토종과 다문화가 공존하는
미리 보는 가을 풍경이여 곧 다가올 가을을
남이섬은 기다리라 하였다.

나이가 들면

나이가 들면
남자는 가물가물 여자는 혈기 왕성
주도권이 바뀐다.

아빠와 가장의 힘은 숨바꼭질
엄마 자녀의 욕구는 로또이고 우선이다.

인생 여행 숨은그림찾기 보다
사색의 여유로운 휴식을 노래한다.

눈과 귀 열고, 입은 닫고
베풂 나눔으로 살라고 세상은 말한다.

홀로 가는 세상사는 재미는
섭생의 사는 연습으로
불편을 줄이라 한다.

세월은 말이 없고 외롭지 않으려면

아끼고 가꾸어 사랑하며 살라고
손을 내민다.

하늘은 편한 줄 알았지만
안전 우선 건강 최고로
즐겁게 살다 오라 한다.

나이가 드니 소년이 되고 싶은
그리움의 목소리는
메아리 되어 손뼉 치며 노래한다.

그런 날

그런 날이어라
사는 재미 찾아와 웃음꽃 사랑꽃이 피고
기쁨 소망 영그는 그런 날이어라.

세 살배기 손주
축구공 선물 받고 싱글벙글 다가와
공차기 놀이하자고
할아버지의 녹슨 손을 당긴다.

오랜 삼식이 생활
삶의 뒤안길 아련한 꿈 휘청거림 던지고
그리운 추억 사람 찾아 떠난다.

밤하늘 별이 노는 깊은 밤
느림보 열차 타고, 웃다가 졸다가 종착역
가보고 싶은 그런 날이다.

몸이 아파

병원에도 가지 않고 침대에 누워 뒤척이며
잠들고 싶어라.

그런 날이 함께하는
인생길 동반자와 자연의 벗이 되어
어디론가 가고 싶은 그런 날 사는 재미이다.

새벽을 달리는 사람들

동이 트지 않은 이른 시간
어떤 이유에서든 새벽녘 어둠을 가르며
움직이는 사람들이 있다.

하루 판매를 위해
경매가 열리는 청과물 어촌계 경매시장
눈과 손에는 천둥 번개 친다.

밤샘 작업한 물건 배달을 위해
손수레를 밀고 계단을 오르내리며
뛰는 것은 고객 만족이다.

정보생산
도로를 질주하여 사무실에 들어서면
전화와 컴퓨터는 허겁지겁 아침을 먹는다.

바다 수평선 끝자락
대낮처럼 환하게 불을 밝혀둔 고깃배 하나

해맑은 미소로 만선을 꿈꾸며 일출을 본다.

삶의 건강
자연을 벗 삼아 새벽공기 마시는 사람
걷고 오르고 뛰면서 삶을 노래하다
아침을 연다.

새벽을 여는 사람들
자신 가족 직장 나라의 발전과 번영을 위해
꿈과 희망을 먹는 사람들이다.

기다림

오늘은
하고 싶은 말 해 줄 말도 없는
평화 바라는 마음의 기다림이다.

농부는
씨앗을 뿌린 후 잘 익은 열매 하나 따기 위해
이마에 맺힌 땀방울 훔쳐내는 기다림 시간이다.

꽃은
동토의 땅에서 숨 고르기 하다가
봄바람 이는 아지랑이 너울거림의 햇살을 받아
싹을 틔우는 기다림이다.

먼 길을 가기 위해
버스 열차 전철 등의 정거장에도
출발시간의 기다림이 필요하다.

꿈은

오랜 시간의 노력으로 결실을 얻기 위해서는
기다림의 시간이 필요하다.

낚시터에서
물고기가 찾아와 입질할 때까지는
기다림의 시간이다.

기다림
발 동동 서두름이 아닌
마음을 다스리는 인내로
느림보가 되어야 한다고 알려서 귀띔한다.

오늘내일
그립고도 보고픈 사람
안전 건강을 위해
기다림의 시간을 갖자고 세월은 알려준다.

구절초 사랑

겨울은
멀리 있다 가까이 오라는
하얀 눈꽃 짤막한 목소리
귀담아 두었네.

비바람 질긴 폭염
아홉 마디 줄기 꽃은 강한 생명력이고
임계점 지나 연한 분홍 하얀 꽃
구절초라네

산과 들녘
언덕배기 돌담 위에
하얀 서리 내린 그 꽃 버릴 것 없는
알짜배기 약효라 하네

곧게 선 갓 모양 잔털
그윽한 국화 향기 퍼트리고
여인의 치성 감동하여 아이를 점지하니

선모초라 부르네.

구절초
매죽천 개울가 산자락에 곱게 피어
산들바람 햇살 먹은
어머니 사랑을 담은 꽃 만개하니
어서 와 구경하라네.

구절초 사랑
눈으로 보고 귀에 담아 입에 넣어
최고 효능 건강 100세라 웃음꽃 피어
힐링하며 살라 하였네.

한탄강은 말한다.

평강 장암산에서 시작된
긴 물줄기는 거친 비바람 맞으며 살이 깎이는
고난의 세월을 넘어 임진강과 만난다.

포탄이 빗발치는
6.25 전쟁의 치열과 암울한 전쟁터에서
아픈 상처로 한탄강은 울었다.

다리가 끊기고
후퇴하지 못하니 한탄하며 죽었다는
서러운 넋을 어루만져 위로하여
잠들게 하였다.

치열한 공격과 방어 넘나들며
백마고지 단장의 능선 김일성 고지 전투는
한만은 영혼을 달래주라 한다.

평화가 머물던

군부대 포탄 사격에 또 한 번 상처를 입고
아파서 운단다.

검은 색깔 화강암, 현무암
하천 침식으로 주상절리, 협곡을 만들어
국가와 세계의 지질공원이 되었다.

깊이 파인 재인폭포
검은 색깔 화강암, 현무암은 계곡과 친구 되어
아무런 말도 없이 발길 머물게 한다.

세계지질공원 한탄강
자연경관이 빼어나니 그 모습 훼손 없이
후세에 전하는 선물이 되어
유유히 흘러 바다로 간다.

가을 손님

손님이 왔다.
긴 여름날의 장맛비를 뿌리고
폭염에 지친 사람들의 마음을
위로하러 왔단다.

손님은 말을 한다.
추석 지나 결실을 앞둔
곡식들에게 잘 먹고
건강한 열매를 맺어 달라고 한다.

손님은 준비하란다.
낮과 밤의 기온 차가 많이도 나니
옷을 갈아입어 몸을 보호하고 환절기
건강을 챙기라 한다.

손님은 말했다.
내가 간 뒤에는 하늘은 높고 푸르름
가득 선선한 바람과 구름을 주었다고

해바라기처럼 웃으라 한다.

손님은 알려준다.
여름날의 훼방꾼이었던 해님을
숨긴다고 열심히 걷고 달리고 오르면서
건강한 삶을 누리라 한다.

손님이 간다.
며칠째 심술부리더니만 사람들의
볼멘소리에 꼬리를 감추고
말없이 사라지며 가을 손님이라 한다.

틈새

틈새 시간
미루어 두었던 일, 하고 싶은 것들을 찾아 나서
할 수가 있으니 좋더라.

귀뚜라미 한 마리
어느 틈새 사이로 들어와 침대 위를 거닐다가
간지럼 주며 놀자 하더라.

집 앞에는
콘크리트 벽, 보드 블록 모서리에
이름 없는 들풀 하나 틈새를 비집고 나오더니
질긴 생명력 꽃을 피우고 향기를 내어 주더라.

살기 위한
몸부림은 관심이 없고 관심을 두지 않는
틈새를 비집고 들어가 시장을 노리고 있더라.

학교에 가지 않는 날

저소득 맞벌이 가정의 자녀를 위한 체험을
지원하는 틈새 교육이 필요하더라.

살아가면서
틈새와 자투리 시간을 잘 이용하고 활용하면
삶의 보람도 찾는 힘이고 활력소가 되더라.

골프 하던 날

동이 트지 않은 새벽녘
커다란 가방 트렁크에 실어 어둠 헤쳐 한 걸음으로
골프장 찾아 달려간다.

찬바람은
가녀린 살결을 비비고 울긋불긋 오색의 화려한
단풍으로 머리부터 발끝까지 모델이고 배우이다.

분홍치마 속보 일라
아장아장 걸어 첫 번째 홀에
키보다 큰 우드샷으로
훼방꾼 모기를 잡겠다고 휘두르니 벙커이고
해저이고 오비이다.

오비 되어 숨어버린 공
가을이 오기 전 먹을 것이 부족한 다람쥐가
도토리로 착각하여 갉아먹어
아무리 둘러보아도 보이지 않는다.

다시 시작이다
칩샷으로 빠져나와 아이언 샷으로 그린에 얹으니
홀컵 옆에 사뿐 이어 홀인원 버디는 아니어도
파를 얻는 성공이다.

휘파람 환호로
뚜벅뚜벅 내려와 카트에 오르고 그늘집에 앉아
영양 공급하니 웃음꽃 절로 피는 좋은 날이고
양떼구름 해님을 숨기어 라이스 샷을 외친다.

라커룸에 앉아
시원하고 편안함으로 몸 적시어 가꾸니
옷매무새 고쳐 맛있는 한 끼의 만찬은
기쁘고 좋은 날이었다.

노년의 삶은
안전이 우선이고 아프지 않은 건강함과
좋은 인연 좋은 관계로 만나 외롭지 않은
삶의 즐거움 보람 찾는 홀인원이어라.

우리 엄마

엄마의 그림자가 없다.
아무리 문을 두드리고 목 놓아 소리를 내어
울어도 대답이 없으시다.

엄마는
먼 하늘나리에 소풍을 간다고 말하더니
계란프라이가 있는 도시락을 놓고서 말도 없이 가시었다.

엄마는
다시는 돌아올 수가 없는 하늘 높은 꼭대기에
하얀 집을 짓고 하늘나라에 사신다고 하였다.

엄마가
하루 반나절 조퇴 휴가를 내어 오시면
넓은 품속으로 들어가 입맞춤도 하고
젖가슴도 만지면서 노래 부르며 놀고 싶다.

엄마 오시면
휘어진 열 손가락 까칠한 열 발가락 만져 주무르고
손발톱 깎아 자식 사랑 내리사랑 희생하신
정성 안아 따뜻한 밥 해드리면 좋겠다.

엄마와
하늘나라에 가기 전에 못다 한 이야기도 나누고,
홍어회, 콩나물잡채, 김치의 알싸한 손맛을
따라가면 좋겠다.

우리 엄마
예쁜 손주 준기 재은이가 빙그레로 웃어 주니
재롱이 보고 싶은 것도 뒤로하고
너무 오랜 시간 소풍을 가시었다.

우리 엄마
가을비 촉촉이 내리는 날에
그리움의 시가 되어
큰소리 내어 애타게 불러보아도
아무런 대답이 없으시다.

우리 엄마
하늘나라에서 근심 걱정 아픔 통증도 없이 편안
하게 보물을 찾다가 웃음꽃의 손짓으로
휴가를 나오려나 보다.

엄마의 아들은
배속에서 나온 자식과 손자 손녀가 건강하게
잘살고 잘되게 해달라고 두 손 모아 기도하는
바람으로 편히 쉬라 한다.

쉬어가는 날

있잖아요?
그런 날은 쉬어가라 한다.

몸이 피곤하면
낮잠을 자는 여유는 보약 한 첩이라고
쉬어가라 한다.

몸이 무거우면
일상에서 움직이는 무리수 안 하면서
건강을 위해 쉬어가라 한다.

건강한 삶은
소풍 가는 설렘으로 휴식과 여유로
살랑살랑 움직임으로 쉬어가라 한다.

일과 돈은
중요하다 하지만 한 번뿐인 인생길
사는 재미 찾아 자연을 벗 삼아 사색으로 쉬어가라 한다.

사람들은
자신을 아끼고 사랑한다면 무리수로
스트레스 없는 절제와 인내로
쉬어야 산다고 쉬어가라 한다.

제2부

종자와
시인박물관에서

질경이

지나가던
차량의 바퀴에 짓눌려도
아프다 말도 없이 참는다.

사람이
짓밟고 지나가도
싫은 소리 미간 흐림도 없이 참는다.

예초기에
싹둑 머리 깎이어도
시원하다고 말하며 기다리니
새싹이 돋는다.

질긴 생명력
상처의 아픔 고통 참아내며
죽지 않고
싹이 돋는다.

끈질기게 살아남는
잡초의 질긴 생명력 본받아
힘과 용기 포기 말고
일어서라.

그러려니 하고 살자

살다 보니
세상만사 어찌 내 뜻대로 될 수 있으리오
그러려니 하고 살자.

살다 보면
이런 날도 있고 저런 날도 있지 않든가
그런 날을 찾아 그러려니 하고 살자.

살다 보니
아는 척 잘난 척하는 사람들도 많다지만
그런 사람도 있다 하고 그러려니 하고 살자.

나이 드니
경쟁에서 질 때도 있고 이기는 때도 있으리니
이기는 것 잠시 머물다 숨고 마는 별것 아니기에
그러려니 하고 살자.

살다 보니
약자는 짓 밟고 강자에게 아부하는
간사한 사람도 많다고 하지만

먼 훗날은 평가해 주려니
그러려니 하고 살자.

살다 보니
정보공유 공간에 예절 없는 사람들도 많으나
인격이 부족한 사람이니 그러려니 하고 살자.

살다 보니
피눈물 나는 애절과 절박함으로 두드리면
뜻을 이룬다고 하였으니
힘을 내어 노력한다면 되는 것
그러려니 하고 살자.

산다는 것
먼 길 떠난 여인네를 오매불망 기다리는 것은
참고 살다 보면 좋은 세상도 있으리니
그러려니 하고 살자.

살다 보면
삶의 끝에 도달이고, 가야만 하는 것을
돈과 명예보다 생명의 소중함을 상처 내어
무서운 세상 만들지 말고
즐겁게 살다 가자고 하니
그러려니 하고 살자.

바뀌어 가는 세상

모든 것은
아날로그가 아닌 디지털의 첨단과학
빠름의 KTX로 바뀌어 버린 세상이더라.

무서운 사람은
알아도 잘못되어 있어도 모른 척이 정답이고
잔소리와 간섭 통제를 싫어하여 최고점이 되면
제어와 절제 인내가 없는 통제 불능 상태이더라.

교실에는
이방인이 가득한 세상이고
얼굴과 피부색은 달라도 함께 가야 할
파트너이더라.

대낮의 놀이터에는
이방인의 아이들이 모여 또래의 아이들을
괴롭히는 알 수 없는 사람 사는 세상이라고
수심 가득 걱정이더라.

동네의 음식점에는
토종의 서빙은 밀려나 이방인이 주인 되어
일터 지키기로 죽기 살기 몸부림이더라.

사람들은
일하는 즐거움보다 적당히 일하고 놀면서
실업급여 받아 가는 무사안일 공짜의 삶을
누리려 하더라.

바뀌어 가는 세상은
법과 규칙을 지키고 따르면서 정도 것의 말과
행동으로 자신과 가족 직장 나라를 아끼고
사랑하라 하더라.

글 쓰는 남자

시작은 서툴러도
연필로 지우고 쓰기를 여러 번 반복하니
조금은 나아진 느낌이다.

지난날의 고달팠던
고난과 고통의 아픈 기억 틈바구니에서
많이도 울고 아파했다.

아파보고 울어보니
애절하고 절박한 심정은 마음 움직이고
실타래 풀리듯 자판을 두드린다.

애절과 절박함은
아름다운 웃음꽃으로 승화시켜 주고
재활과 치유의 성공을 알려준다.

시작은 어렵지만
손자와 손녀의 재롱 바라보며

할아버지는 거르지 않는
일기를 쓴다.

노년은
외로울 틈이 없고, 사람을 만나고
자연과 친구가 되어 사색의 삶을 노래하는
글을 쓴다.

내일은
어떤 글감을 찾고 소재를 얻으려는지
하루와 한 달 1년과 10년이 금방이다.
응원과 기대를 한다.

편지

그리움 하나
호롱불 아래 밤하늘 별을 세며
몽당연필 쓰고 지우고
편지를 쓴다.

그리움 둘
모나미 볼펜으로 호야 등 불빛 아래
볼펜 똥 휴지에 묻히며
편지를 쓴다.

그리움 셋
보고 싶다 사랑한다고
눈물을 훔쳐내어
애인 친구에게
편지를 쓴다.

그리움 넷
고향하늘 바라보며
부모님 건강하게 잘 계시는지 안부를 묻고
보고 싶은 마음 담아 편지를 쓴다.

그리움 다섯
메시지 카톡 밴드 이메일 블로그
페이스북은 몽당연필 모나미를 넘어
핸드폰이 편지를 쓴다.

그리움 여섯
그립다 보고 싶다 사랑한다고
하늘나라 부모님 조퇴 반차
짧은 휴가 내어 오시라고 편지를 쓴다.

그리움 일곱
빨간 우체통 우체국 찾아 한 걸음이고
친구 연인 부모에게
안전하게 배달되어 달라 바람이다.

그리움 여덟
편지는 도착하고 답장은 썼는지
그리움 쌓이고 보고 싶은 마음 가득 안으며
기다림이다.

그리움 보고픈 마음의 기다림
밥솥에서 '뜸 들이기 시작합니다'
알림 소리 짤막한 사이에도
좋은 느낌 기다림으로 다시 편지를 쓴다.

어린이집에 가던 날

귀염둥이
준기 생일날 동은 트고
아는 것처럼 해맑은 미소는 아침을 연다.

입맛 나는 음식 찾아
냉장고 앞 의자를 놓고 서더니
요플레 과채 음료 꺼내 밥보다 좋다고
맛을 본다.

생일날
미역국에 아침 먹어주면 좋으련만
할아버지 준비한 사과 김밥 관심 없는
먼 산이다.

어린이집 갈 시간
준기는 예쁜 옷 귀공자로 멋을 내고
유모차 자전거 올라 안전띠를 매더니
출발이다.

집 앞 모퉁이

출발은 좋았으나 움직임의 변화를 느낀 듯
고개 돌려 살피더니
할머니 그림자 찾는 울먹임이다.

세 살 아이
감각 느낌은 다 컸다고 탄성이고
해맑은 얼굴로 선생님 안내받아
어린이집 등원한다.

세 번째 생일날
할아버지와 둘이 하는 어린이집 등원
손자 사랑 임무 완성이고
할머니 손주 사랑 한없는 사랑이었더라.

생일잔치
화려한 무대 촛불 피어나고
축하 노래 호호 불어 끄고 나니 케이크 절단
박수 소리 요란하다.

우리 아가 준기
먼 훗날 할아버지 일기를 꺼내 들추며
생일날 유년기 추억 찾아 맛을 보며
꿈 찾아갈 것이다.

골목길

골목길
동이 트기 전 새벽녘 음식물 수거 차량
거센 크레인 소리로 시작이다.

곤히 잠든 시간
낮과 밤 바꾸어 움직이고 활동하는
환경미화원 아저씨가 아침을 연다.

어두컴컴한 새벽 네 시
음식물 수거 차량 가고 쓰레기 차량 들어서니
굉음에 놀라 눈을 뜬다.

먼동은 시작이고
길 잃은 고양이 세수와 박새의 지저귐은
아침을 깨운다.

정든 골목길
온 데 간 데 흔적 숨고 지지배배 사람 소리

기름 타며 매연 나오는 소리 가득하다.

골목길
집 앞 가게 문 앞은 일수놀이 명함 뒹굴어
순한 사람 꼬드기는 볼썽사나운 행태이다.

골목길
차 없고 쓰레기 없는 이웃 향기 피어나는
사람 냄새 오순도순
기초질서가 있는 길이어라.

도토리와 다람쥐

그새 도토리 익어
두꺼운 갑옷 하나 벗어던지고
알토란 속이 꽉 찬 자태로
세상 구경을 한다.

도심 속
상수리나무 아래
이른 아침 동네 사람 하나둘 모여
주워 담기 바쁜 움직임이다.

멀리서 바라보는
다람쥐 한 마리 얼굴 비비며 하는 말
'어라! 사람들이 내 밥 다 훔쳐 간다.'

겨우내 먹을
다람쥐 식량 도토리는 영양 높은
최고의 식량이라고 몇 개라도 남기라고
비벼댄다.

사람들
다람쥐 식량을 싹 쓸어 가니
양식창고 비어 골프공 갉아먹는다고
일그러진 미간으로 하소연이다.

자연과 사람
서로 아끼고 사랑해야 하는 공생관계
작은 배려는 힘에 부친 자연 사람들에게
큰 힘이다.

다람쥐
도토리보다 불포화 지방산 많은
잣 호두 땅콩 견과류 찾아
쏜살같은 빠름으로 먹이 찾아 헤엄친다.

들꽃

손맛을 본 꽃은
흔들흔들 크고 탐스러우며
향기가 난다.

길모퉁이 언덕배기 들꽃
물만 먹고 사는 작고 가녀린 꽃이어도
진한 향기는 없어도 예쁘다.

관심 먹은 도심의 꽃
매연 먼지 이불 삼고 사람들 손때 묻어
아프단다.

사랑 한 번 못 받은 언덕배기 꽃
비바람 천둥 번개 짓밟히는 환경에도
질긴 생명력의 쓰러짐은 없단다.

꽃송이 크고 화려한 꽃보다
맑고 밝게 자란 들꽃은 예쁜 향기 진하다고

쉬어가며 웃음 주라 한다.

들꽃처럼
아침이슬 먹은 질긴 생명력의 힘은
가시덤불 넘어 웃음꽃 주고 있다.

나는 들꽃
어렵고 힘든 사람들에게 기쁨 희망 주는
아름다운 들꽃이다.

급하면 진다

자동차 안
앞서가는 차량 신호 바뀌어 안 간다고
클랙슨을 누른다.
성질 급한 사람이다.

인내와 절제
한계를 넘지 못하는 사람들 인정사정없고
부모 형제자매 찌르고 죽인다.

사는 것 힘들다
순간을 넘지 못하고
아내와 자식 죽이고 본 인사는 우스운 세상이다.

눈 보고 귀는 열어도
말은 고뇌의 시간을 갖고
뱉어내면 좋으련만
열린 입 퍼부어 상처를 낸다.

삶은
무리수 없는 천천히
위만 보지 말고
좌우 아래도 살피면서 살라 한다.

기계도 아니고
사람이기에 부족한 것 1초의 기다림은
기쁨과 행복 찾는 지혜를 얻는 마음이다.

추석

모기장 안 모둠 생선
빨랫줄에 대롱대롱 매달리니
추석이 오나 보다.

추석 명절 대목 시장
한 보따리 이고 들고 입가에는
웃음꽃 피었네.

열 손가락 굽어 세며
보고 싶은 자식 생각 힘든지도 모르고
음식 장만 밤낮이 없다.

홍어회 콩나물잡채
쑥 범벅 송편 빚어 다섯 자식 입에 넣을
손맛은 절정이네.

가을비 추적추적 조상 머리 깎고
보름달 두둥실 그림자 찾아주면

우리 엄마 어깨를 펴네.

오고 가는 안전운전
그리운 엄마 고향 생각 밀리어도
마음은 품 안이다.

부모 생각 형제자매
토닥토닥 고운 말씨 상처 없는 풍요는
사는 재미 웃음꽃 피운다.

엄마 아빠 형제자매 해바라기
눈물 없는 팔월 한가위는
잘살고 잘되는 건강백세 무병장수
선물이다.

전우가 가던 날

긴 추석 연휴의 셋째 날
소중한 전우 예빈 아빠의 부고가
하늘을 날아왔다.

이른 아침 날벼락 소리
무슨 연유로 48세 좋은 나이에 세상 등지고
다시 못 올 하늘나라에 갔을까.

차분한 꼼꼼함으로
어렵고 힘들었을 부대의 궂은일 처리
말 없는 책임감은 타의 귀감이었는데

며칠 앞둔 추석 명절
아내 예빈이랑 웃음꽃 해바라기 되라고
햅쌀 선물 즐거운 추석 보내라, 건강해라
하였는데.

추석 국화꽃 당신으로

보름달처럼 넉넉하고 향기로운 명절은
비보로 눈물 훔치게 하였네.

참기 힘든 고난의 시간들
많이도 아팠을 짧은 터울의 기다림은
아픔 없는 영면 기리네.

전우가 떠나는 날
한 송이 국화꽃을 영전에 바치면서
하염없는 눈물로 명복을 빌었네.

예빈이와 엄마
힘든 시간 슬픔 이겨내고 아빠의 한없는 사랑
잘살고 잘되라고 행복으로 이어가면 좋겠네.

전우여 잘 가시게
어느 좋은 날에 다시 만나 사람 사는 이야기로
숨바꼭질 노래 부르세.

참 좋은 전우는
한마디 말도 없이 한 줌의 흙이 되어
함백산 추모 공원 쉼터에서 소풍 중이라고
말을 건네고 잠들었다.

종자와 시인박물관에서

양지바른 언덕
따사로운 가을날의 햇살과
가녀린 솔바람 일어
살결에 머문다.

꽃길 따라 얕은 언덕배기
걷고 오르는 뚜벅이 바보의 시간
좌절 비방 눈물 증오 금지구역을 넘어
이해 용서이어라.

삶을 돌아보며
생채기로 불편 아픔 고통의 눈물을 닦아
용서로 추스르고 달래는 바보의 발견이다.

어떻게 살아가야
관심을 받고 사랑을 나누어 먹을까로
삶을 관리하고
노래할 수 있단 말인가.

누구 없소
오늘은 나를 끌고 어디로 갈 것인가
영감을 찾아 깨우침으로
붙잡아 주면 좋겠소.

아니다.
잊어야 한다. 잊고 살아야 한다.
다시는 지난날의 아픈 기억들일랑은
꺼내어 생각지도 말고 잊자.

이해와 용서
말 없는 헌신과 봉사 희생이 깃든
종자와 시인박물관은
연천 사람의 쉼터이어라.

천사

성탄절 연말
어려운 이웃을 위해 얼굴 보이지 않고
돈다발 두고 가는 사람
기부 천사라 한다.

현직 봉사의 자리
지위가 있어도 웃음꽃 내주며
궂은일 실천하는 사람
희생 천사이다.

베풂의 정성 먹고
한마디 말도 없이 이익 챙기어 떠나는 사람
배신이나 용서를 하는 사람
배려 천사이다.

어렵고 힘든
환경 여건의 터울 도움 찾아오는 사람
내쫓지 않고 보살피는 사람

헌신 천사이다.

이익 욕심 바람 없이
사람 존중 우선으로 희생 봉사하는
선한 사람들
나눔 천사이다.

한번 살다가는 인생
아픔 고통 상처 주는 죄짓지 말고
존중 배려 봉사로 웃음꽃 사랑 꽃 주고
가라 한다.

사람아

사람아
한세상 살다가는 인생 소풍
재물에 욕심 없이
베풀고 나누다 가라 한다.

사람아
사리사욕에 얽매이면
사람 사는 세상 재미없다고 하니
도움 주다 가라 한다.

사람아
잘못된 판단 사고 행동으로
피해와 상처 주지 말고
베풂으로 살라 한다.

사람아
심신이 어렵고 지친 약한 사람
짓밟지 말고

성실하게 살다 가라 한다.

사람아
혼자가 아닌 함께하는 삶이라
공동체 마음으로 자연환경을 지키며
살다 가라 한다.

사람아
길지 않는 삶 사는 재미 누리며
웃음꽃 사랑꽃
선물 주고 가라 한다.

설렘의 시간

그녀의 아름다운
눈빛 모습만 보아도 즐거운 것은 설렘의
시작이다.

한 번도
경험하지 않은 일 여행 도전 성과까지도
모두가 작은 감동의 물결이 이는 것은
설렘의 시간이다.

연천 가는 날
세월의 뒤안길에 병영훈련, 포탄 사격 떠올려
종자와 시인박물관을 찾아가던 날은
설렘의 하루이다.

첫 작품집이 되는
수필집 『바보 아빠』의 출간을 앞두고
오랜 탈고의 시간은 사랑받을 거라는
설렘의 발로이다.

미국에 가는 날

뜬금없는 기회가 찾아오고
참 좋은 인연의 만남으로 돌봄을 받는 여행길은
더없는 기쁨이고 출렁이는 희망의 꽃이 피는
설렘이다.

야구를 보는 날
응원하는 팀이 이겨달라고
긴장감으로 채널을 켜고 흐뭇한 미소는
설렘의 착한 순기능이다.

설렘
기대치가 높은 갖고 누리고 나누고
사랑받고 싶은 꿈과 희망의 등불이 되는
가슴 벅찬 삶의 뜀박질이다.

사는 재미
설렘의 가슴으로 심장이 콩닥콩닥 뛰는
살아있음을 알리는 좋은 느낌을 연출하는
기회의 순간이다.

사람 사는 세상
기쁨과 환희의 꿈과 희망이 익어가는 날
그런 날이 더 많은 기쁘고 좋은 날은
사는 재미의 설렘이다.

GOP 철책선

나라의 안보는
너나없고 모두가 지켜내야 하는 것
80년대 대학생 하계병영훈련 일환으로
연천 GOP 철책선을 찾았다.

붉은색 선명한 열쇠 하나
연천을 책임 방어하던 열쇠부대는
피비린내의 꽃이 핀 백마고지 능선 바라보며
초병은 GOP 철책선을 지킨다.

어둠 시작 동이 틀 때까지
긴긴밤 지새우며 산비탈 오르락내리락
거친 숨 내쉬며 말은 없는데
살아있는 눈빛은 적진을 경계한다.

이름 모를 새들의 지저귐 파닥거림
푸른 숲에 고개 내밀어 오른 노란 원추리꽃
인적없는 적막한 밤하늘의 별 반짝임에

물 샐 틈 없는 경계 작전 완성이다.

평화로운 GOP 철책선
군인이 아닌 방범 카메라가 쉼 없이 돌아가고
전선 이상 없음으로
연천군민 안전하게 삶을 누리라 한다.

유비무환 잊지 말고
선배 전우 넋이 서린 곳 연천 땅을 상기하며
나라 위한 헌신과 값진 희생 헛됨이 없도록
함께 지키고 번영시켜 역사의 현장 연천을
후세에 아름답게 물려 주라 한다.

나라와 지역을 지키다가
먼저 가신 호국영령 연천 사람들 명복을 빌고
새로운 발전 도약 기회로 안보 중심 군사도시
연천 사랑 꽃을 피운다.

포성이 멎은 자리

연천의 GOP는
6.25 전쟁의 쉼 없는 격전지로
백마고지 단장의 능선 김일성 고지는
물고 물리는 치열한 고지 쟁탈전이 된
전장의 격전지이었다.

소총 박격포 105밀리 화포에서
품어 나오는 화염과 포성은 피아를 막론하고
수많은 사람의 생명을 빼앗아 갔던
피비린내 진동한 암울한 전쟁터였다.

전쟁이 끝난 자리 화염과 포성은 멎고
철책 전방을 밝혀주는 네온사인 아래에
초병의 눈은 빛의 화살이 되어
적진을 예의주시하며 풀벌레 소리 요란한
연천의 밤을 지킨다.

전쟁은 끝이 나고

화염과 포성 없는 평화라 하였건만
군부대의 훈련장이 된 고문리 신답리 진지
다락대 표적에는
쉬는 날도 없이 연일 꽝꽝 소리 요란도 하였다.

고문리 신답리 훈련장을 찾던 그날
군부대 차량 전차 화포 자주포의 기동 소리
예비군 훈련 중 사고는 연천군민의 아픈 기억
상처 가득이나 전쟁 없는 평화를 위해 참아낸
한없는 나라 사랑이었다.

한탄강은 말이 없고
재인폭포 물 떨어지는 소리 변함이 없는
포병부대 훈련장 자리에는
포성 없는 평화가 찾아와 변신을 꾀하며
연천의 희망이 되었다.

온 누리 교회의 종소리
세월의 뒤안길에서 전쟁과 훈련의 포성
고문리 신답리에는 코스모스 백일홍 금계국이
만개하여 웃음꽃 사랑꽃이 되어
예쁘게 화답한다.

연천의 희망이 된 평화는 찾아오고
종자와 시인박물관은 역사의 현장이었음을
재인폭포 사랑꽃이 되고 한탄강은 전장의
흔적 안아 말 없음으로 유유히 흘러 임진강 만나
바다로 간다.

연천의 뒤늦은 개발은
전장의 흔적을 안아 평화를 찾았고
천애의 자원과 지역사회의 화합과 통합 소통은
새로운 꿈이고 희망으로 우뚝 솟아올라
만개하여라.

삶의 길

사람이 태어나
살아가는 삶의 길을 어디로 갈 것인가
그 길은 무한대로 열려있고
어떤 길을 갈 것인가는 선택의 문제이다.

삶의 길은
선택하는 시기 장소에서 선택되는 길은
중요한 요소이고
첫발의 길을 잘 선택해야 하는 기로이다.

삶의 길은
때로는 실수투성이로 점철되어 가지만
어느 시기와 장소에서
누구를 만나느냐는 삶의 진로와 방향을
안내한다.

삶의 길은
아무리 좋은 길도 토닥이며 가꾸고 두들기어

좋은 길을 찾아
오므리고 두드려 만들어 가는 인생 항로이다.

삶의 길은
좋은 길을 찾아가도 험난한 위협이 찾아오고
진퇴양난의 기로에서
돌이킬 수가 없는 후회의 길도 가게 된다.

삶의 길은
걷다가 뛰다가 오르다가 잘못되었다는
사실을 알게 되면
빠름의 변화를 주어 새로운 길을 찾아
선택하여가는 과정이다.

삶의 길은
기회를 만들어 도전을 이끌어 내는
방향이고 피눈물 흘리는 애절함 절박함의
인내 노력 절제를 요구한다.

삶의 길은
정직한 사람 성실한 사람 노력하는 사람에게
기회균등이 되어야 하나
비비고 바치는 가식과 위선이 앞을 막는다.

삶의 길은
선의의 경쟁과 노력으로 결과를 얻고
평가받는
아름다운 세상이 되어야 한다.

삶의 길은
산 정상에 오르는 산행길은 인생길의 모습으로
어렵고 험난한 불확실한 여정으로
잘 지키고 가꾸는
지혜와 슬기가 필요한 길이다.

나이아가라

내 나이
60을 넘어 70으로 잘도 흘러가는
세월의 무게는
잡아둘 수가 없다.

내 나이
아직은 젊은 날 다 놀지도 못하고
일찍 하늘나라에 소풍을 가버린
친구들도 많다.

내 나이
아직은 젊은 청춘 젊음이 샘솟는
가장 좋은 날
더 늦기 전에 세상 구경하자 한다.

잘나고 못나고
아무것도 필요 없는 마음 하나이면
나이가 필요 없는

이 세상 모두 다 내 것이고 얻을 것이다.

인생길
쉼 없이 달려온 삶들의 얼룩진
사랑 욕심 배신 허물 사람
내리어 놓고 생각 말라 한다.

아직은 젊은 날
뒤척이거나 망설임이 없는 신선함은
사는 재미 행복 찾고
잘살았다 노래 불러라 한다.

오늘은 젊은 날
아름답고 황홀한 멋 찾아 움직임
활동반경 넓혀
베풀어 함께 나누고 누려야 한다.

나이아가라
살아 숨 쉬는 세상에서 가장 젊은 날
붙잡지 말고
나이 너는 먼저 가거라.

제3부

말과 인생살이

동기 사랑꽃

멀고도 먼
미국 하늘에 피운 꽃
고마운 별과 달 감사의 빛 머금고
사랑꽃이 되었다.

설렘의 시간
비행기에 오르고 하루의 반이 넘는
긴 시간 날아
뉴욕 땅에 첫발을 내디뎠다.

웃음꽃 가득
손님맞이 빈틈없는 정성 사랑은
한결같은 마음 새싹 돋는 신선한 사랑꽃
감탄이고 감동이다.

미국 땅 하늘 아래
뉴욕 맨해튼 필라델피아 워싱턴 DC
눈과 귀 열어 가슴에 담으니

가슴 뭉클 화려한 꽃이다.

비바람 폭풍우 몰아치는 폭포수
노랑 빨강 물결 무지개 피고 황홀한 밤
나이아가라 죽기 전에 가봐야 한다는
이유 알았다.

맛과 멋이 살살 녹아 피는 꽃
헌신 봉사 희생 배려의 마음 가득 흘린 눈물
진한 향기의 사랑꽃이 되어
생애 가장 화려한 꽃이 핀 한결같은
감칠맛 나는 여행꽃이다.

연일 강행군
장시간 비행 시차 변화된 환경 여건은
동기 사랑 먹고 피어난 꽃을 막지 못하는
한낱 기우이다.

지치어 쓰러질 듯 말 듯
손 어깨 내밀어 발이 되고 소박한 고운 말은
응원가 되었으니
몸과 마음 웃음꽃 먹어 살찌우고 있다.

큰 산 넘어
기회 잡아 포기하지 않고 잡은 사랑꽃은
안 되면 되게 하라 검은 베레의 정신이 되살아나
힘과 용기 도전의 성공이고 완성이다.

보여준 동기 사랑
헌신과 봉사 희생 배려의 큰마음
헛됨이 없는 깨우침으로 가슴에 담아
고마운 마음 감사의 빛으로 승화되어
동기 사랑꽃이 피었다.

질경이 인동초
죽지 않고 살아남는 강한 꽃은
정성 사랑의 마음 가슴 깊은 곳에서 샘솟는
따뜻하고 포근한 동기 사랑꽃이다.

동기 사랑꽃
가정평화 직장번영 부부연의 꽃이 되어
천년만년 지지 않는
웃음꽃 사랑꽃이 되련다.

말과 인생살이

입에서 나온 말은
다시 주워 담아 둘 수가 없기에
꼭 필요한 말을 시의적절하게 써야 한다.

인생살이는
실수투성이의 연속된 삶이므로 말은
고운 말 좋은 말 예쁜 말을 써야 한다.

한번 내뱉은 말의 실수는
상대방에게는 비수가 되어 돌이킬 수 없는
회복 불능의 인간관계가 만들어지고 만다.

잘못된 말은
안 하느니보다 못한 것이기에 신중해야 하고
'침묵은 금이다'라는 말을 되새겨야 한다.

말을 많이 하기보다는
상대방의 하는 말을 귀담아서 들어주는

미덕이 필요한 세상이다.

말이 많은 사람
잘나고 똑똑한 것 같아 우쭐하지만
겉과 속이 다른 두 마음의 이중성이 많다.

참는 자에게 복이 온다는 말
말을 많이 하기보다는 경청하면서
가식과 위선이 없는 말을 하란다.

한번 살다 가는 인생살이
말의 실수로 상처와 아픔 주는 일 없도록
무언의 침묵을 깨우쳐야 한다.

우리말 좋은 말
고운 입에서 향기가 나는 말의 사용은
스트레스와 폭력이 없는 세상 만들어 주고
인생살이 폼나게 살라 한다.

위선

사람 사는 세상
이상한 기류 바람 일어 미꾸라지 놀던
흙탕물
위선의 시작이다.

사람 관계
거짓으로만 착한 척 거짓으로 꾸며진
겉은 선량이고
두 얼굴 가진 위선이다.

개인 욕구
강자에게 꾸벅이고 약자에게 접근하여
물질적 욕구를 얻고
피해 주는 사람 위선이다.

사람 사는 세상
위선의 마음 더럽고 추악하고 음흉한 사람
어두운 세상 만들어

위선자가 된다.

사탕발림의 사람
선한 척 악행 드러내어 솔직함이 없는
경멸의 대상으로 일관적 행동이 없으니
사기꾼이다.

사람 관계
뒤에서 더러운 짓 사람 앞에서 깨끗한 척
이중인격 두 얼굴
위선이고 배신자이다.

사람들은
착한 척 좋은 사람 향신료 뿌려
약자를 편드는 척 뒤에서는 더럽고 나쁜 짓
위선자이다.

속과 겉이 다른 사람들
한 번밖에 살 수 없는 세상 위선자 없는
좋은 세상에 살면서
놀다 가라 한다.

사람아

타인에게 피해 주지 않는 정직한 사람으로
사심 욕심 버리고
베풀고 나누면서 살자고 세상은 말한다.

사람아
남을 속이어 이익을 얻으려고
위선의 탈을 쓰고 위선자 되지 말라고 한다.

가식과 위선이 없는 세상
착하고 정직한 마음을 간직한 순수한 사람들의
울타리 만들어 가까이 못 하도록
접근 금지하라 한다.

사람아
한세상 살다가는 인생
거짓과 위선 없는 진실하고 정직한
참모습으로
살면 좋지 않겠는가.

자전거

우리 집 아이가
세상에 태어난 지 3년의 세월은
간다고 말도 없이 빠르게만 흘러갔다.

배고프니 밥 달라 우는 아이
밤새 토닥이어 분유를 먹이며
아프지 말고 잘 자라다오 말없이 되뇌었다.

방바닥을 기고
서랍장식장을 잡고 일어나더니
어느새 기우뚱거리며 걷기를 시작한다.

아장아장 걸어가는 아이
세상에 무엇 하나 부러울 것 없는 아이는
아빠 엄마 찾아 계단을 오른다.

어린이집에 가던 날
가장 예쁜 옷을 입고서 할머니의 따뜻한 품에

안기어 집을 나선다.

유모차와 자전거 유모차를
번갈아 오르면서 때로는 가방을 둘러메고
뚜벅뚜벅 걷다가 뜀박질도 한다.

성장 속도 날로 새로워지고
어린이집 가방을 둘러맨 채로 환한 웃음꽃 핀다
할머니의 품을 뒤로하고 뜀박질하며 간다.

어린이집에 가기 싫은 날
울먹이며 어리광으로 떼를 쓰고 하소연하지만
할머니의 규칙에 결석은 없었다.

3번째 생일이 되던 날
할아버지는 손자 사랑 큰마음 내어 생일선물로
자전거를 사준다.

싱글벙글 신이 난 우리 아가
아빠 엄마 이모의 도움을 받으며
넙죽 의자에 앉아 페달을 밟고 힘주어 전진한다.

아이와 할아버지가

자전거에 올라 한적한 길을 달리며
해맑은 웃음꽃을 피우고 사랑 이야기 나누는
그런 날이 올 것이다.

아가의 성장 속도는
나날로 새로운 천진난만으로 오뚝이고
스스로 해야 할 일을 하나둘 터득해 나간다.

어느새
할머니의 품을 떠나 아빠 엄마를 알고
달려와 품에 안기어 잠이 든다.

가족사랑
머금은 아이 아프거나 다치지도 말고
심신이 건강한 아이로 멋지게 자랄 거란다.

예쁘고 고운 꿈 먹고 자라
한세상 부귀영화 누리며 큰 인물 되고
세상에 어려운 이웃과 약자에게
베풂을 실천하는 우리 아이 되어라.

가을 단풍

온천지가 형형색색
오색의 단풍으로 옷을 갈아입고서
너도나도
손님맞이에 분주하다.

봄에 싹을 틔워
늘 푸르른 날이기를 바랐지만
여름 지나 가을 소슬바람 첫서리에 상처를
입고 만다.

세월이 야속한 가을 단풍
동구 밖 길거리 공원 산과 들녘은
푸르름 온데간데없는 낙엽이 되어
떨어지기 싫다고 아쉬워한다.

마지막 잎새가 되어
한바탕 춤사위라도 실컷 추어보자던 가을 단풍
힘없이 나뭇가지에서 떨어져

나뒹굴고 만다.

가을 단풍은
내년에는 더 좋은 고운 빛깔로 얼굴을
내밀겠노라고 꼬리를 내리고
양질의 걸음이 되어 씨앗을 싹 틔운단다.

땅속에서
씨앗을 어루만지며 놀더니 새 생명의
잉태는 시작이 되어
양지바른 어느 봄날에 푸르름으로
다시 만나자고 인사를 한다.

세월과 청춘

세월아
너는 누구이길래 한마디 귀띔도 없이
속절없이 흘러만 가는가.

너의 뒷모습을 조금만 더 일찍
알았더라면
살아온 삶이 아쉽거나 밉지는 않을 것이다.

너의 덕에 아빠의 손을 잡고 걸었던
추억의 동네 길과 버스정류장 옆 이발소를 찾아
머리를 깎던 일, 어머니 손을 잡고 갔던
시장 구경도 할 수가 없는 추억 속에
그리움 되어 숨 쉬고 있단다.

아들딸 셋 낳아 아버지 되었고
부모님은 말없이 하늘나라에 가시고 나니
아들딸 시집 장가를 가고
할아버지 할머니가 되었다.

너의 무게에 잊고 지내온 청춘의 시간

진즉에 속내를 알려주었으면 좋았을 것을
이제야 알았으니 어찌해야 한단 말인가.

아무런 말도 없이
유수와 같이 흘러버린 시간 속에
청춘을 재미있게 보내었을 것을 아쉽기만 하다.

청춘이 좋다는 것을 일찍 알았더라면
나를 위안하고 싶고 가보고 싶은 곳을 찾아
삶을 아낌없이 살았더라면
후회하지 않았을 것이라고 외치고 있다.

이제는 할아버지 할머니가 되어
마음대로 움직일 수도 없으니 눈물 훔치며
손자 손녀의 재롱과 커가는 모습을
바라보는 것이 낙이란다.

세월아
뒤늦게 너를 알게 되었으니 불행 중 다행이고
즐겁고 보람찬 남은 청춘을 위해
열심히 걷고 뛰고 달리어 가슴 안에 가득 채우는
소풍을 떠나 사는 재미를 찾으란다.

앙상한 가지에 핀 겨울꽃

가을과 겨울 사이
상강이 찾아오니 하얀 서릿발 내리고
곱게 물든 오색의 단풍은
추풍낙엽이 되어
맥없이 가지와 이별을 한다.

단풍은 절정을 지나
곱게 물든 오색의 자태 찾기는 어렵고
앙상한 나뭇가지에 매달린
나뭇잎 하나뿐 새들의 놀이터이다.

생명을 다한 나뭇잎
서릿발이 가지에 한 가득 핀 하얀 꽃
만들어 주더니
겨울꽃이라고 우쭐한다.

봄 여름 가을까지
꼭꼭 숨겨두었던 나무의 속내를

실오라기 하나 걸치지 않은 가녀린 모습으로
찬바람의 흔들림에 춥다고
옷을 입혀 달라한다.

나뭇가지에 매달린
산수유 빨간 열매는 사람들의 발걸음
붙잡아 두고
새콤달콤 맛을 보고 놀다가 가라 한다.

앙상한 나뭇가지
푸르른 겨우살이 새싹 돋아 자기가 왕이라고
입지를 과시하며
다 가져가지 말고 겨울을 노래하게
남겨두라 한다.

흰 눈이 내리던 날
앙상한 나뭇가지들은 솜털 같은 새 옷으로
갈아입고 겨울이 좋다고 폼을 잡다가
새싹 돋는 봄을 기다린다.

연천의 희망

6.25 사변의 격전지
물고 물리는 치열한 고지 전투는
승자와 패자가 없는 상처만 가득
얼룩진 곳이다.

천혜의 자원 한탄강
푸른빛 가득 길게 늘어진 골이 깊은 협곡
곱게 파인 재인폭포 낙숫물 따라
한이 서린 채로 유유히 흘러 연천을 나간다.

종자(씨앗)는
생물을 싹 틔우는 생명력의 근원이 되고
종자박물관은 좋은 씨앗의 가치와 중요성을
널리 알린다.

시인들은
인간의 참교육을 위한 글을 쓰고
책을 만들어

참인간의 삶을 가르치고 깨우침을 준다.

연천의 희망
종자와 시인박물관 재인폭포 한탄강이
연계된 벨트를 아름다운 동행의 길 만들어
세상에 널리 알리어 찾도록 하는 노력이 우선

전철 연결되어 개통되면
연천 땅 온 누리에 사람들 모여들어
지역경제 살아나니
군 살림 살찌우고 문화공간 활성화로
연천 사람 사는 재미 풍요롭다.

사람 관계

사람 사는 세상
맑은 날도 있다가 흐린 날도 있는
알 수가 없는 것이 사람 관계다.

얽히고설키는
사람 관계 잘못된 실타래 풀기 위해
오랜 시간의 침묵과 기다림이 필요하다.

침묵 기다림의 시간
자신을 뒤돌아보는 생각하는 시간을
준 것이고 스스로 어리석음을 알고 깨우침을
아는 시간이다.

밥을 사라
식사 후에 밥값을 계산하는 사람은
돈이 많아서가 아니라 관계를 중요시하기
때문이다.

사과하라.
관계가 소원해져 사과를 먼저 하는 것은
자신의 잘못이 많아서가 아니라 상대방을

아끼는 마음이다.

강물이 바다로 막힘없이 흐르듯
그대로 두면 되고
포기하지 않으면 늦을 수도 있기는 하나
언젠가는 관계를 다시 이룬다는 희망은 있다.

인간미는
사람 관계의 근본으로 인간미 잃지 않으면
언젠가 좋은 사람이었다고 느낌을 얻어
기억될 것이다.

사람 사는 세상은
새가슴이 되어 토라지지 말고 큰마음
큰 산이 되어 감싸주데
안 되는 것은 기다려도 안 되는 것이란다.

누구 말처럼
올 것은 오고 갈 것은 가니 너무 애쓰지 말고
침묵 기다림의 시간이 정답일 것이다.

사는 재미 찾아
위안을 얻고 나누고 누리며 공생하는 마음으로
살다 보면
사람 사는 세상은 아름다운 사랑꽃이 핀다.

마음가짐

살아보니
인생 소풍 길 마음가짐을 어떻게
가지느냐는
삶의 가치와 보람을 찾는 열쇠이다.

긍정 적극적인 마음
잡스러운 생각 부정한 생각 위선의 늪에
빠지지 않게 하는
삶의 안내자이고 바른길을 인도한다.

베풀고 나누는 넉넉한 마음
물질 우선의 삶이 아닌 사랑을 나누는
사람 내음 인간미가 있는
값진 삶의 선물이고 행복의 지름길이다.

웃음꽃 사랑꽃이 피어나는 마음
친구 관계 가족 사랑과 행복의 시작이고
고운 열매 맺어

넉넉한 사랑을 나누고 누리는 기회이다.

씨앗을 뿌리는 마음
봄부터 겨울까지 일 년의 행복이 아닌
사는 동안 누리는
큰 사랑의 열매로 다가와 기쁨 행복을
선물한다.

평화를 얻기 위해
미움 불평불만 부정한 마음보다
사람다운 참모습의 마음은
사는 재미를 주는 풍요와 희망으로
삶의 등불이 된다.

아기의 홀로서기

어린아이
아침 아홉 시는 이른 시간이고 천진난만
새근새근 잠을 자는 시간이다.

잠도 덜 깬
비몽사몽 아이 깨워
고양이 세수 옷을 입히고 가방 메고
어린이집 간다.

엄마는
숨 고르며 빠른 발걸음 재촉하고
직장을 가기 위해 대중교통 수단에 몸을 싣는다.

아직은
어리광 부리고 재롱떨면서
예쁜 짓 귀여움으로
사랑받아야 할 나이다.

삶의 현장에서
아이는 홀로 살아가는 방법 터득하고
첫돌을 지나
자립심 배우기 시작한다.

아가는
더 자고 싶고 엄마와 놀고 싶은데
어린이집 가서
통제받고 놀려니 아쉽기는 하단다.

우리 엄마
오늘은 언제나 데리러 오렸는지
아이의 기다림
집이 좋다고 한다.

아직은
기억 저장공간 부족한 아이
어떤 생각 하고 있을는지 한없는 아이 생각
할아버지 냉가슴 앓는다.

상강과 개구리

깊어 가는 가을
자연은 곱디고운 오색 물결 춤사위는
가을 여자의 사랑 사색의 시간이다.

한로와 입동 사이
첫서리 내린다는 상강에 많이도 춥고
비바람 천둥 번개 무섭다.

나뭇잎 사이
아늑하고 포근한 나뭇잎 멍석에 놀던 개구리
놀란 표정 화들짝 깜짝 놀란다.

어라 내려갈 시간이네
산에서 내려와 도로를 횡단하는 작전 개시
명령의 시작 공격개시선이다.

죽을 둥 살 둥
다리야 나 살려라

도로를 횡단하지만
지각한 줄 잘못 선 개구리
눈물의 로드킬(Roadkill) 희생양이다.

상강이 알리는
자연보호 생태계 교란 파괴는 눈치 없고
순진한 개구리의 생명만 앗아간다.

자연과 생태계 보호
사람들의 쉼터이고 건강을 지키는
힘의 공생관계
이동통로 만들어 지키라 한다.

적당한 삶

인간의 삶은
적당히 넘어 무리수 두어 욕심을 부리면
탈이 난다.

운동 열심히 많이 한다고
좋은 것은 아닐 것을 신체의 균형 환경 여건에
알맞은 '적당히'가 최선이다.

장수는
잘 먹고 운동 많이 한다고 건강한 사람도
장수하는 사람 아니란다.

삶은
지치지 않고 몸과 마음이 즐거운 섭생으로
스트레스 불균형 넘어 적당히 즐기라 한다.

건강한 삶은
주변의 좋은 환경 여건 찾아 음악 듣고

자연을 음미하는 사색으로 건강 찾는다.

한번 살다가는 삶
무리수 없는 적당 우선 삶으로
아픔 고통 없는
사는 재미 건강한 삶으로 행복을 찾자 한다.

일석이조(一石二鳥)

삶은
멈추지 않는다면 살만하고 누려볼 만한 삶
사는 재미의 즐거움이 머무는
행복이다.

성실 정직 노력하는 삶
건강한 개인 가정 사회 나라 웃음꽃 피고
함께라면 친구라면 아름다운 동행으로
일석이조다.

부정 가식 위선의 삶
일시적 성과 얻는 듯 부푼 꿈에 잘난 듯하지만
일석이조 탄로 난다.

한 가지 일로 두 가지 이익을 얻는
집의 마당도 쓸고 돈도 줍는 일석이조의 꿈
사는 재미가 있다.

화살 하나로
두 마리 새를 잡는 일석쌍조의 길운들도
사는 재미 주는 웃음꽃이 된다.

일석이조 잡고 누리려면
마음 씀씀이가 착하고 좋은 천사 같은 사람
되어야
기회와 도전 행운이 함께한다.

저녁노을

길고 긴 삶 속에
잠깐씩 주어지는 즐거움의 행복 찾아
길 떠난다.

해님은
이른 새벽 찾아와 낮에 머물더니
해 질 녘 붉은빛으로 변화한다.

좋은 세상
어디서든 저녁노을 만나 그윽한 향기에
취해 소원을 담아 보낸다

오랜 시간
머물다가 희망의 등불 되어주면 좋으련만
잠깐의 진한 맛 보여주고 숨는다.

저 멀리 수평선 끝자락
노을이 머물다간 자리에 붉은 꽃 피고

세상 사람들 근심 걱정 다 갖고 가겠단다.

세상 사람
저녁노을이 주고 간 큰마음으로
이해 존경 배려 용서의 마음 베풀고 나누면서
건강한 삶으로 즐거운 행복 찾아 살라 한다.

변화

사람 사는 세상
현실 안주 변화 없는 멈춤은 두뇌 기능 약화되어
발전 가능 없단다.

잘될 거고 잘 되어야 한다고
꿈만 꾸고 소망 담는 허황한 삶을 노래하면
인생길 오늘 미래 희망은 없다.

변화의 바람
바꾸고 바꾸어 새로운 바람 불어넣으니
사람도 바뀌는 심신은 건강이 찾아든다.

현재와 현실에 안주는
불안심리 일어나고 공든 탑 무너지는
도전 기회 사라진다.

긍정과 적극적인 마음
변화는 시작되고 새로운 방향 찾아

일신우일신 기적을 일군다.

실속 없는 허황한 생각들
백일몽이고 변화로의 생각 바꾸면
두려움 없는 일사천리 밝은 길 여는 삶이다.

사는 재미 찾아
삶과 인생길 변화 주고 토닥토닥 만들어가는
지혜는 에너지 되어 힘이 솟는
행복 시작이다.

시래기와 생선구이

아지랑이 너울이 되는 봄날
씨앗 뿌려 새싹 틔우고 여름 지나 늦가을
무 뽑아 잎사귀 분리하니 무청이다.

무는 사랑 독차지
잎사귀는 천덕꾸러기 대접은 소홀하고
겨우내 먹을 몇 개는 서늘 통풍 좋은 자리
처마 밑 빨랫줄 매달려 겨울난다.

눈 내린 엄동설한 겨울날
찬바람 맞으며 부드럽게 말려진 시래기
된장국 변신으로 속이 시원하고 편안한
밥 한 그릇이다.

섬유질 비타민 칼슘 철분
시래기는 영양덩어리 겨울철 보양식으로
영양 만점 밥 한 그릇 비운다.

세상은 바뀌고
천덕꾸러기 시래기는 가치 높은 고단백 식품
된장국 매운탕 계절 없이 사람 사랑 가득하다.

시래기 된장과 궁합이 맞아
갓 구워낸 토실토실 고등어 갈치 삼치 볼락은
시래깃국과 감칠맛 입이 호사한다.

남이 장에 가니
시래기 지고 나간다고 사는 사람 없어도
시장 따라나선다.

시래기 된장국
엄마의 보드랍고 담박한 보양 국밥 감칠맛
손맛이 그리움 되어 찾아온다.

웃음꽃 사랑꽃 피었네

세상에 태어나
아프고 다치고 쓰러지지 않은 버팀목
참고 참아
인생길 시작으로 소풍을 떠난다.

산전수전 공중전
살다가 얽히어 부딪치고 아픈 상처 가득한 삶
가식 위선 사람 잘못 만나
위기의 삶 찾아오고 극복 시간 두세 배이다.

온갖 찾아온 위험과 위기
역경 이겨내 극복하니 맑고 밝은 빛과 소금
희망의 등불 되어 해바라기 기쁨이다.

아들딸 소원 이루고
질긴 생명선 전투 승리자 되어
웃음꽃 사랑꽃 피우는
찾아오는 행복 월계관 썼다.

소원성취 재활 치유 성공
꿈같은 장군 되고 신인문학상 수상, 책 출간
글 쓰는 작가 되어 인생 2막 맑고 밝은 삶
사는 재미 행복 시작이다.

웃음꽃 사랑 꽃이 피어
초심의 마음 변함없는 토닥토닥
빛과 소금 희망의 등불
어렵고 힘든 약자에게 힘 용기 준다.

꿈 이루었다
자만과 오만 사리사욕 욕심 없는 베풂
존경 배려 이해 포용
사는 동안 건강한 삶으로 웃음꽃 사랑꽃
모두에게 주라 한다.

안 되면 되게 하라

건강한 삶으로
잘살고 잘되는 것 사람의 희망이고 로망이나
잡히지 않는 혼돈 불확실이다.

아무런 말 한마디의 귀띔도 없이
불현듯이 찾아온 위협과 위기의 삶은
헤쳐 나가기 힘든 고난 고통이다.

살기 위한 몸부림
체력 정신력이 바탕이고 가족 친구 사랑
희망으로 전투 승리자 된다.

확률 20 반신불구
미라로 걷지 못하는 처절한 위기 상황
질긴 생명선 전투 이겨내는 강인함
포기하지 않는 도전 살 놈이다.

살기 위한 질긴 몸부림

가시덤불 넘어 강한 드라이브 거니
도전은 성공 기적 일어나 살았다.

살 수 있는 힘
하늘나라 소풍 가신 아버지 어머니
불효자식 살리려 한없는 사랑의 선물 준다.

살 수 있는 힘 사는 몸부림
불굴의 체력 정신 이기고 극복하는 힘
특전맨의 정신으로 죽지 않고 살아난 것
안 되면 되게 하라.

인생길 삶은
끝까지 포기하지 않는 지혜와 슬기로
승리를 위해 질기게 버티며 도전하는 사람에게
기회를 주고 성취감을 준단다.

연천의 가을날

동은 트고
햇살 좋은 화사한 가을날
구름 한 점 없는 푸르름으로 높고 파란 하늘
가을 잡으러 간다.

매미 고추잠자리 잡는 채
한탄강에 드리울 낚싯대 족대도 없으나
마음은 두둥실
세 살배기 지팡이 휠체어 사람 다 함께 한다.

한탄강 전곡리 유적지
너른 공원 마당 가을 잡는 구경꾼 인산인해
발길 잡아 머물게 하고
가을 잡아두려 그림 그린다.

시화에 발길 멈추고
한 올 한 올 읽어 내리며 마음의 양식도 쌓고
예쁜 시화 엽서

사랑의 마음 글 쓰고 파발 띄운다.

빨강 노랑 하얀 보랏빛 향기
포송포송 향기 나는 국화꽃밭 모형 앞에선
배우 되고
하트 파이팅 가위바위보 예쁜 포즈 빛이 난다.

연천군민 자랑거리
온기 가득 정성 가득 자원봉사 마음 가득
국수 한 그릇은 지친 몸 영양공급 힘이 나고
국화꽃 향기 되어 화색의 웃음꽃이다.

서울 연천 1호선 국화 열차
국화터널 지나 연천 생산 사과 대추 식자재
사람들 모여들어 가게 돌며 사과 대추 칡즙까지
연천 향기 배부르다.

종기 컵 봉지 커피 한잔 천 원
주머니 빈털터리 애교 부려
웃음꽃 살랑 피어 연천 사랑 운을 띄우니
연천 아낙 인심 두둑한 웃음 사랑 커피 준다.

송가인 뜨니

전곡리 유적지 특설무대 들썩이고
연천 사람 주변 사람 모여들어 웃음꽃 되어
싱글벙글 온몸이 춤춘다.

연천군 전곡리 유적지
국화꽃 시화전 마지막 날은 햇살 피는 봄날 되고
손에 손잡고 일광욕 즐기며
웃음꽃 사랑꽃 피어 가을 잡았다고 좋아한다.

연천 사랑 가을 잡은 날
추억의 길 따라 돌아오는 길 고단백 영양공급
살포시 내려앉은 햇살은 지그시 눈 감고
저녁노을 피어낸다.

제4부
조언과 잔소리

아름다운 동행

함께라면
세상 어디든 무엇이든 꿈과 소망을 이룰 수 있는 것은
아름다운 동행의 길이다.

어렵고 지친 몸과 마음
손에 손 내밀어 밀고 당기어 등을 내주는
따뜻 포근 사랑의 무지개
사람 사는 맛과 멋의 아름다운 꽃이 핀다.

함께 가는 동행의 길
사심 욕심 없는 마음이 하나 어떤 위협 위기 닥
쳐와도 이기고 극복하는 긍정의 힘이 되어 웃음
꽃 사랑 꽃을 피운다.

비바람 폭풍우
거친 파도 불어 닥쳐도 두렵지 않은 것은
함께 가는 동행
우산 되고 바람막이로 가려주기 때문이다.

내 안의 생각
긍정 부정 밝음 어둠 선택은 자유지만
가족 학지연의 좋은 방향의 길을 안내하는
아름다운 동행의 인생길 된다.

나는 임영웅이다

심금 울리는 속 깊은 애절함
가슴에서 나와 울리는 구구절절한 노랫말
울고 웃고
구름 관중 모여든다.

미스터 트롯 황제
보랏빛 엽서 어느 60대 노부부 사랑 이야기
호소력 감미로운 목소리
눈 귀 호강하고 사는 재미 찾아준다.

어렵고 힘든 과정
다가온 위협 이겨내어 엷은 미소 얼굴에 피었으
니
함박웃음 박수 소리
웃음꽃 사랑꽃 되어 하늘을 날아간다.

자수성가 이룬 영웅
안전 건강 지키고 관리하여 건강한 삶 누리면서

한없는 국민 사랑 쉼 없이 받아
힘 용기 희망 주는 국민가수 되라 한다.

트로트의 황제 영웅
초심 잃지 않는 멈춤 없는 성실 노력으로
세계를 움직이는
희망의 등불 빛과 소금 주라 한다.

건강검진

건강검진 받는 날
하루 전 저녁은 부드러운 음식으로
간단하게 먹으란다.

밤 9시가 되면
물 한 모금 입에 넣어 오므리면 안 되고
채혈하고 내시경 받으며 건강검진이
끝나는 시간까지 배고픔이다.

의학의 발달
매스꺼움이 없는 편안함은 커다란 변화이고
생명 연장 건강한 삶은 수명연장 기회
구구 팔팔 지나 백 세를 넘는다.

모바일 문진표 사전 자동 제출
대변 받은 용기 넣고
붉은 피 뽑아내니 눈과 귀 가슴 다음은 내시경
고요한 자장가 없이 눈을 감는다.

친절이라 하지만
선을 넘는 알려는 마음 과도한 친절의 말 행동
가식이고 불편스럽다.

이상 없음 바라는 마음
허기진 배에 고단백 영양공급하고
스르르 눈을 감는 나른함 밀려와
쉬라 한다.

잘 먹고 잘 자고 잘 싸고
무리수 없는 적당하게 운동 휴식 여유의 조화
스트레스 없는
삶의 질 향상 건강지킴이란다.

가을바람

가을바람 분다
마지막 잎새 하나만 남겨두고 싶은 마음
골바람 일어 솟구친다.

햇살 좋은 날
양지바른 벤치에 앉는 사색의 시간은
시 한 수 떠올라 익어가는 가을을 본다.

골프장에 곱게 물든
은행 떡갈나무 잣나무 숲 출렁출렁 흔들림은
고개 숙인 나뭇잎 쉼 없이 나부낀다.

가을바람
나뭇가지에 대롱대롱 매달린 나뭇잎은
힘없이 뒹굴어 모퉁이 찾아간다.

가을바람
길바닥 내려앉은 낙엽은 회오리에 휘청이며
하늘로 솟구친다.

낙엽은
다시 나뭇가지에 붙어 겨울을 나려나
3초의 시간이 흐르니 소리 없는 아우성
추풍낙엽이다.

가을 나무와 나뭇잎
푸름이 가득 젊은 날 곱게 익은 노인 되어
이별의 시간 맞이한다.

바람 타고 소풍 간 나뭇잎
구름 위에 내려앉아 봄과 가을 사이
푸르른 세상 동경하며 웃음꽃 피운다.

가을은
나무와 이별하고 떠나는 시간, 헤어짐의 아쉬움
눈물 흘린다.

가을은 가고
나뭇가지와 헤어진 노년의 나뭇잎
아지랑이 피는 좋은 날
새싹 돋는 푸른 선물 한 아름 안고 피어나
기쁨 희망 주려 온단다.

고속도로

땅덩이 조그만 나라
비포장 길 없는 뻥 뚫린 쾌속 질주 고속도로
빠르기는 하다.

움직이고 활동하는 시간
정반대로 바꾸면 서고 멈추는 지루함 없는
시원한 안전운전 도로 주행이다.

출발시간 조금만 늦어도
꽉 막힌 고속도로 풍경 맑음의 대화 사라지고
집을 나선 여행길 후회막급이다.

살기 좋은 편한 세상
과학발달 인공지능 첨단이고
자율주행 운전대 브레이크
액셀러레이터 필요 없는
알아서 가는 편안한 주행이다.

장거리 이동
허리 한번 펴고 휴게소 찾아가노라면
장인정신 사라진 맛의 여유 없는 눈썰미 매섭다.

차량 이동 두 시간
노년의 무게 짓누르고 여행길은 고행길이라
KTX 타라 한다.

인생길 소풍
안전 운행 건강한 삶으로 행복 시작이니
교통 규칙 잘 지키는 살기 좋은 우리나라
일등 시민 되라 한다.

산사람

비바람 없는 햇살 좋은 날
어디서 무엇을 해야 하냐고 묻고 있노라니
산에 가란다.

배낭 꺼내 짐 꾸리고
어디에 있는 어느 산으로 가느냐를 물었더니
100대 명산 찾아 놀라 한다.

산 오르기 전
안전 산행 건강한 산행 몸 비틀고 풀어
꿈과 희망을 안고 출발이다.

굽이굽이 비탈길 돌아가는 길
새소리 물소리 바람 소리
노란 복수초 천상의 화원 웃음꽃 피워
어서 오라 한다.

언덕배기 고갯길
오르락내리락 숨 고르며 힘내어 올라서니
이마 등 어깨 구슬땀 주르륵 흐른다.

고갯마루 올라 정상가는 길

신선 푸르름 맑은 공기 구름까지 두둥실 떠가고
입가엔 엷은 미소 맛있게 피어난다.

산의 아름다운 풍경
안개구름 걷히니 환상의 나라 장관이고
산을 찾고 오르는 이유 말한다.

한 고개 두 고개 넘고 넘어 펼쳐지는
자연의 아름다움과 동행의 길은 바위 야생화
엔도르핀 얻어가는 건강한 삶이란다.

산 정상 올라
그림 그리기 대회 영양 보충은 신선이고
무엇과도 바꿀 수 없는 사는 재미 풍요이다.

하산하는 길
비바람 소나기라도 만나 젖어 보고픈 마음
산사람 다 되었다.

계곡물 바위틈에 앉아
발 담그고 물방울 얼굴 묻히니 피로회복이고
오감만족 행복 웃음꽃 피었다.

산 사람은
산이 좋아 자연보호 안전 산행 건강 얻는
일석이조 행복 얻어간단다.

입동

상강에 비바람 몰고 와
하얀 서리 이빨 드러내어 겨울 준비 알리고
옷매무새 고치라 하였다.

오색으로 곱게 물들어 가던
단풍은 마지막 잎새 되어 익고 늙어지고
골치 아픈 나뭇잎 처리 시즌이다.

입동이 되니
찬 바람 몰아치고 기온은 곤두박질 출렁출렁
낮과 밤은 세상 물정 모르고 적응도 쉽지 않다.

푸르름 오색단풍
사랑받던 나무와 잎사귀 천방지축이고
사랑받던 시절 온데간데없다.

가을은 사라지고
겨울은 문턱을 넘어 쉼 없는 고속질주

입동이라 한다.

말하는 사람들은
찬바람 일어 춥다고 아우성 옷을 입고
말 못 하는 나무는 하나둘 벗어 앙상한 가지만 남았다.

봄 여름 가을의 추억
숨바꼭질 술래잡기도 마다하고
매서운 칼바람 백설을 만들어 아름다운
하얀 꽃 시대 부활이다.

서리꽃 만개한 겨울날
기상이변 사람 잡는 전염병 동물 죽이는 AI
황사 바람 잠재우고
안전과 건강한 삶은 최고의 사는 재미
행복이란다.

화랑대 연가

입동의 시작
얼얼한 찬바람 스쳐 지나가는 차가운 기운
시작은 화랑대이다.

해님은 중천
햇살 피어오르니 온도는 껑충껑충
걷기 놀이 산책이 즐거운 발걸음이다.

군시절 가보지 않은
역사의 현장 화랑대 평화로운 자연과 어우러져
아지랑이 빛이 난다.

온기 피는 커피 한잔
부드럽고 감미로운 소풍길 반기듯이
인사 나누면 가벼운 발걸음이다.

기차 박물관 철길
뚜벅뚜벅 걸어 각양각색 열차 모양 첨단의 철길
배달의 기수
자전거 타던 추억도 불러낸다.

길고 긴 개울가

둑길 산책로 따라 걸어가는 길 평안이고
나무 잎새 마대자루 한가득이다.

오염되지 않은 맑은 물
청둥오리 무리 햇살 받아 물장구치고
물속 드나들어 먹잇감을 찾는다.

화랑대 클럽하우스
골프 즐기는 마니아 남녀노소 따로 없는
불암산 빼어난 정기 깔끔한 연습장 18홀
나라와 함께 겨레와 함께이다.

솔밭 산책길 걷고
허기진 배 추슬러 동지팥죽 입술 묻혀
감칠맛 고향의 맛 어머니의 손맛 되어
그리움 가득 웃음꽃이다.

처음 만난 화랑대
자연경관 으뜸 미래의 희망 되고
나라의 보물 지키어 관리 보존 잘하란다.

화랑대
자손만대 물려줄 아름다운 우리 강산
유산으로 물려주라고
난개발 불허이고 정치에 휘둘리지 말란다.

북한강의 가을

북한강은 말이 없고
잔잔한 물결 출렁임의 속삭임 멈춤의 시간
유유히 흐르고 있다.

북한강
가을은 가고 겨울이 오고 있음을 아는 듯
코끝이 시린 아침 풍경이다.

하얀 눈꽃 갈대
미동의 갈바람에 갈피를 못 잡고
가녀린 몸짓 흔들림이다.

대롱대롱 매달린 노란 감
높은 곳에서 익어가니 대나무도 없다고
눈요기 삼매경 까치밥이다.

잔잔한 물결
살랑살랑 바람은 강물의 흐름 막고

보트 놀이 신나는 가을소풍이다.

북한강 자락
고즈넉한 풍경 메콩 카페 햇살 먹은 풍경
반짝반짝 아름답다.

북한강 건너편
청춘열차 쉼 없이 드나들고 파크골프 즐기는 멋
비바람 맞은 단풍 볼 수가 없다.

소슬바람 부니
길거리 그윽한 들국화 향기 피어오르고
좋은 사람 함께하니 행복이라고 햇살 좋은 날
다시 오라 한다.

산다는 것

산다는 것
결코 쉽지 않은 길고 긴 인생 여정
포기 없는 인내 기다림의 힘은 기회를 준다.

산다는 것
산 사람 배낭 메고 굽이굽이 가파른 고개 넘어
정상에 오르는 힘든 길 인생 소풍이다.

산다는 것
인생 소풍 가는 먼 길 실수투성이고
실수 없는 사람 안락한 삶 누린다.

산다는 것
인생 항로의 길 가다가 누구를 만나느냐
울고 웃는
삶의 중요한 고임목 안내자이다.

산다는 것

무한경쟁 시작이고 경쟁 끝난 허탈 후회
아무것 없는 노년이다.

산다는 것
처음부터 끝까지 사는 재미 보람 찾아
나누고 누리며 사는 즐거운 행복이다.

산다는 것
순간 찾아오는 위협과 위기 지혜와 슬기로
이겨내고 극복하는 경험의 힘이다.

산다는 것
산전수전 공중전 넘고 희로애락 삶을 누리다
주름살 늘고 허리 굽는 인생이다.

산다는 것
좋은 사람 편안한 사람 함께 만나 누리는
동행 길 사는 재미 기쁨 즐거움 나누는
선물이고 행복이다.

산다는 것
남에게 피해 주지 않는 성실 정직 노력하는 삶
맑고 밝은 세상 복된 삶 성공한 사람이라 한다.

사람과 쓰레기

새벽 4시 동네 골목길 돌아
하루 생산 각종 쓰레기 수거하는 사람
환경미화원이다.

비 오고 눈 내리는 바람 있어도
동이 트기 전 새벽녘 골목길 쓰레기 수거하는
환경미화원
아름답고 고마운 사람이다.

환경미화원 수고로
동네 거리 정리하고 깨끗하고 쾌적한 환경
조성은 웃음꽃 피는 맑은 세상이다.

쾌적한 환경 훼방꾼
흡연 커피 마시는 사람 길거리 모퉁이
흔적 남기는 나쁜 사람 이상한 버릇이다.

더 나쁜 사람

오토바이 타고 동네 한바퀴 돌고 도는
쾌적한 환경 청소된 길
일수 명함 투척하는 나쁜 사람이다.

거리 어지럽히는 사람 없는 우리 동네
분리수거 잘하고, 각종 오물 버리지 않는 동네
살고 싶은 살기 좋은 마을이다.

엘리베이터

5층 건물 고층 빌딩
엘리베이터 설치되어 생활환경 사회복지
삶의 편의 복지 제공이다.

엘리베이터 이용
주민 방문하는 사람들 많고 많아
한대가 아닌 여러 대 설치되어 실어 나르는
하늘차이다.

엘리베이터
신속 정확 빠르고 편리한 과학이 주는 혜택
그 뒤엔 나 모르는 불편이 많다고 아우성이다.

엘리베이터
여러 대 설치 운행도 기다림의 시간 길어지는
불편함이다.

엘리베이터

심신불안 불편한 사람 엘리베이터 설치 공간
기다림의 불편은 부담되어
단층과 단독주택 선호한다.

엘리베이터 옆
심신 불편 장애 있는 사회적 약자 보호
배려의 쉼터 의자 비치 필요한 때이다.

엘리베이터 안
좁은 공간 많은 사람들 동시 이동하는 공간
말과 행동 핸드폰 통화 절제 공중예절 필요
지켜야 할 규칙이다.

김장의 계절

봄날 씨앗 뿌려
싹 틔우고 뿔 뽑고 거름 영양분 먹여
토닥토닥 성장은 꽃이 피고 열매 맺어 수확하는
1년 농사이다.

벼 수확 농사짓기 끝나
허리 쭉 펴져 심신 자유 여유 찾아 놀기도 잠깐
이다.

긴 겨울 시작 1년 먹을 양식
김장하는 삶 거추장스러운 일 기습 추위 막는
빠른 움직임 시작이다.

김장 담그기
삶의 쉽지 않은 한해 끝자락 만나는 희로애락
어렵고 고달픈 삶의 여정이다.

김장 준비 시작
고춧가루 각종 양념 김치 속 넣을 재료
젓갈 구입 정성으로 죽 끓여 고운 맛 감칠맛
향기 꽃 피운다.

잘 키운 배추 뽑아
소금물 담긴 커다란 양동이 배추 담아두고
기절초풍 되는 기다림 시간이다.

절인 배추 목욕 시간
커다란 양동이 물 가득 씻고 씻어 소금물
씻기기 반복 깊은 숨 온기 핀다.

물 빠진 절인 배추
이웃 아주머니 불러 김장 담그기 시작은
오색단풍 예쁜 옷 곱게 물들인다.

울긋불긋 배추김치
삶은 돼지고기 편육 버무린 김치 한입 오므리니
살살 녹는 감칠맛 최고이다.

담근 김치
김치 통 가득 냉장 저장 사과박스 가득 담아
형제자매 집 찾는 택배 출발이다.

냉장고 김치 저장
1년 걱정 없고, 허리 한번 펴고서
우리 엄마 수고하셨네
웃음꽃 사랑꽃 되어 노래 부른다.

손주 사랑

예쁜 짓 귀여움
내리사랑 손자 손녀 함께하는 삶
사는 재미 기쁨 희망 되는
보조개 웃음꽃 핀다.

손자 손녀 모이는 날
대 식구 집안 가득 훈풍 일어 봄바람 부는
살랑살랑 춤춘다.

함께하는 손자
꼬마 여동생 찾아오고 예쁘고 귀여운 몸짓
가족사랑 독차지는 심술 시무룩 잘 놀던 기세 꺾여 있다.

손녀 예쁜 짓 귀여운 재롱잔치
온 동네 떠나갈 듯 손뼉 소리 창문 넘어 맞장구
박장대소 사람 사는 집 맛과 멋의 풍요이다.

시무룩 손자

손녀 머무는 공간 벗어나 잘 놀던 기색 없는
맑고 밝은 표정 사라져 할아버지 공간 찾아
먼 산 바라보기만 한다.

천진난만 아이들
자기 안아 업어주고 놀아주기를 바라는 애잔한 마음
삶의 지혜 바라는 할아버지 마음 준다.

아이 키우는 일
어렵고 힘든 고난의 길 무럭무럭 성장하는
아이 재롱을 바라보며
하루하루 즐거움 주름살 펴는 삶의 보람 찾는다.

아가들아
해맑은 웃음 건강 음식 잘 먹고 놀아주면
사랑은 아가로 삶의 아름다운 모두 누리도록
아낌없이 내준다.

아프지 않고 다치지 않는
꿈 희망 가득 먹고 온 가족 건강한 성장
가족 정성 사랑의 마음
사는 재미 풍요 행복 찾아온다.

겨울비

한 해의 끝
서리 내린 상강 지나 입동 넘어 대한까지
예상치 않은 기상 기후 심술 겨울비이다.

비는
물이 필요한 봄 여름 가을 씨앗 뿌려
싹 틔우는 성장 도움 꽃 피고 누렇게 익어가는
열매 맺는 시기 필요하다.

단풍철 가고 김장철 오니
따뜻 포근한 기상 소망하나 찬바람 쌩쌩
견디기 힘든 고통 좌불안석이었다.

겨울비 내린 후
기온 뚝 떨어지고 갑작스러운 한파 등장
몸 마음 웅크리는 두터움 독감 취약 드러나
눕고 만다.

겨울비
오지 않아도 밉다고 안 하는 사람 마음
심술 보따리 풀어 병원마다 사람 모여드는
만원사례이다.

심술쟁이 겨울비 지나
하얀 눈 꽃송이 함박눈 세상 사람 얼굴 화색
웃음꽃 피우니 기쁨 희망 설렘 시간 찾아오니
살만하다.

인생 소풍 길
걸림돌 훼방꾼 가식 위선이 없는 두터운 신의
아름다운 사람 관계 멋진 세상 시작이다.

맑고 밝은 좋은 세상
삶의 신뢰 높은 주춧돌 아닌 디딤돌 되어도
손가락질받지 않는 삶을 살라 한다.

삶의 부작용 약

60km 달리는 세상
안전 건강 지키는 다양하고 복잡한 세상
삶의 부작용 많다.

70km 가고 80km로 달리는 세상
더 많은 부작용 생산되는 사는 것 초라한 삶
피폐한 몸 마음이다.

약물 먹지 않는 버팀 삶
건강 보장된 젊은 시절 병원 찾는 횟수 늘어나
이유 불문 처방전 약은 수량도 많다.

과학발달 좋은 세상
일년 한번 의무 건강검진 기계가 알리는
몸 이상 신호 건강검진 결과 병원 내원 찾아
진료 시작 아프고 돈 드는 세상이다.

혹시나 두려운 마음

근심 걱정 채혈 X-레이 CT와 MRI촬영 시작
몸의 이상원인 찾아준다.

처방전 들고 약국 찾아
한 봉지 하루 3번 밥 먹는 듯한 약의 숫자
늘어만 가고 돈 나가는 소리다.

건강한 삶의 마음
처방전 약 제외하고 별도 먹는 비타민 B, C, D
오메가-3 또 다른 건강식품 많기도 하고
몸은 피곤하다 한다.

어깨 무릎 팔다리 아파 진통제 먹고
뱃속 건강 염증치료 혈관 튼튼 약까지
가득 목에 넘기는 것 부담이다.

처방전 약 건강 찾기 위한
다양한 영양제 치료 예방약은 약물 오남용
부작용 생산이다.

과다복용 넘치는 약
건강 나쁜 영향 악영향 초래 두려운 세상
건강 100세 가는 길 빨간불이다.

선물

선물
사는 재미 기분 좋은 엔도르핀 생산 건강한 삶
정성 사랑 발로이다.

기쁨 주는 선물 주고받는 날
탄생 첫돌 생일 취업 결혼 각종 기념일
돈 물질 크고 작음보다 정성 사랑 마음 담긴
웃음꽃 사랑꽃 피운다.

받은 선물
나누고 양도하는 삶의 가치 의미 두 배 되는
사는 재미 실어 나른다.

가식 위선 선물보다
신의 지킨 마음 선물 다시 돌아와
돈독한 관계 만들어간다.

노년의 삶

잘 가꾸고 다듬어 낸 예술작품 존중 존경받는
아름다운 선물 징표이다.

자신 아끼는 사랑의 선물
인생길 삶의 가치 의미 되새기는 윤택한 삶
재생산 아름다운 세상 여는 선물이다.

선물 받아 나누는 세상
사람 사는 세상 아름답게 만드는 구심점
사는 재미 꽃 피워 열매 수확물 나누라 한다.

배고픈 사람 음식
가정 병원 어렵고 힘든 투병 생활 환우 건강
어두운 곳 사회적 약자 꿈과 희망 안기는
착한 선물 배달한다.

사람 사는 세상
건강과 행복 찾는 사는 재미 찾아가는 아름다운
선물 나누고 누리는 세상은 살맛 나는 세상 되어
꿀맛 내는 좋은 삶이다.

조언과 잔소리

영국속담
도둑은 모든 사람이
물건을 훔친다고 생각한다.

60세 넘어 나이 들면
거친 입 많은 말 사람보다
귀로 듣고 눈으로 보라고 한다.

변화한 세상
급브레이크도 밟아 볼 작은 여유 틈도 없는
복잡한 세상이 된 지 오래
가속페달 밟지 말라 한다.

부부 가족 친구 형제자매 지인 간
말 많아지면 탈 나고 문제를 일으키는
원인 제공 불협화음 시작된다.

좋은 쪽의 말

마음 들지 않는 거슬리는 말과 행동 거부하는
잔소리 어르신 아닌 노인네 평가이다.

조언 잔소리
급속도로 빠르게 변화된 세태 간에
조언 잔소리 영역 알고 대처하는 자세
필요한 시기이다.

서로 다른 이해관계
소통은 중요한 부분 이해득실 말의 가치도
옳고 그름을 판단하기 쉬운 결론 얻어 평가한다.

서로 배려하는 말과 행동
어렵고 힘든 다양한 삶 복잡한 세상
맑고 밝게 살아가는 빛과 소금 희망 등불
아름다운 꽃 피우고 노래한다.

시장 사람들

김장철 시장 사람들
설날 추석보다도 쉴 틈이 없는 1년 중
가장 바쁜 야채가게 대목이다.

가을과 겨울 사이
기상 기후는 자기 마음대로 추위 몰고 와
비바람 부는 한겨울이다.

추위 극복을 위해
두툼한 옷 입고 허름한 전기난로 옆에 두어
몸을 녹이지만 추위 극복 쉽지 않다.

오고 가는 사람들
많기도 하고 하나라도 더 팔기 위해
지나는 사람 붙잡아 웃음꽃 흥정이다.

사람들은
천정부지 치솟은 물건값에 눈 커지고

너무 비싸다 혀를 내민다.

입동 지나 겨울 시작
시장 사람들 따뜻 포근한 겨울나면
정상가격 물건 많이 팔아
주름진 이마 어깨 펴는 웃음꽃 피우면 좋다.

판매와 소비 사이
믿고 먹는 저렴한 가격 서로의 희망
이웃 사람 인심이고
사는 재미 웃음꽃 피운다.

아름다운 노년의 삶

노년의 삶은
어떻게 어떤 방법으로 대인관계를 맺으며
외롭지도 않은 건강한 삶을 살아야 하는지
조심이고 걱정 가득하다.

삶을 다하는 그날의 순간까지
안전하고 아프지 않고 넘어지지 않으면서
건강하게 사는 것이 최고의 행복이다.

품 안의 자식
키울 때 정성 다한 애지중지 꿈과 희망을 안고
잘살고 잘되라는 바람 자식 사랑이다.

부모와 자식 관계
가족사랑 우선의 마음이나 각자의 삶을
개척하고 발전시켜 살아가라 한다.

외롭지 않은 노년의 삶

할 일이 있는 것이 우선이고 돈과 취미
소통하는 가까운 친구가 있어야 한다.

노년의 돈
금전적 여유는 필수이고 주머니를 비우면
비참한 노년으로 자식 주지 말고
있는 돈과 재산 꼭 쥐고 베풀고 나누는 삶
이어야 한다.

노신사의 마음가짐
긍정과 적극 자신을 가꿀 줄 아는 청결의 심신
눈으로 보고 귀는 열어 놓데 입은 닫아
잘난 척하는 말을 줄여 덕을 쌓아야 한다.

젊음과 세대 차이
노년이 되었음을 알게 되어 서글픈 세상
서로 다른 다양성 인정하고 아는 척 모르는 척
스쳐 가는 인생이 편안한 삶이다.

꾸준한 자기 계발
자기를 가꾸는 일에 게으름 없는 개발
무리는 말고 건강백세로 가는 아름다운 행복의
시작이다.

건강백세
건강에 좋다는 물과 과일, 단백질 보충은 필수
낮잠도 자고 무리수 없는 느긋이 쉬어야 산다.

노년의 삶
근심 걱정 줄이고 말을 아끼고 행동하며
아프지 않고 다치지 않는 건강을 지키는 일에
소홀함이 없는 자신을 위한 삶을 살아가라 한다.

제5부

나이와 건강

배려의 마음

인생의 목표
배려하는 마음 나누고 누리는 삶
실천하고 행동하는 사람
잘 사는 삶 아름다운 삶이다.

서로 이해 존중의 마음
삶을 배려하는 마음 시작으로 따뜻 포근한
사랑 마음 필요하다.

개인 사리사욕
눈이 먼 사람 가식 위선 싹트면 멈춤 없는 전진
욕심 증오심 유발이다.

사람 사는 세상
기계처럼 움직이는 삶 불협화음 줄이지만
사람은 실수 많은 삶
이해 용서 포용 배려 필요하다.

밥 한 끼
쓰디쓴 커피 한잔의 고독
나눔 베풂 배려의 마음 힘 용기 북돋는 기회
함께하는 희망 등불이다.

배려하는 마음
배려할 줄을 아는 사람 많은 세상
아름다운 사람들 모여 살아가는 살아 볼만한 삶
만들어 준다.

자신의 삶
소중하게 생각하는 것처럼 상대방 삶도 소중하다
는 것 알고 작은 것부터 배려하는 삶
실천 행동이다.

어렵고 힘들어 지친 사람
손 내밀어 잡아 기대는 가치 의미 알게 하는
동행의 길 아름다운 삶이다.

시람의 로망 행복꽃
혼자 아닌 따뜻하고 포근한 마음 가진
사람들 모여 만들어 가는 살기 좋은 아름다운 세상이다.

기상과 삶

사람 사는 세상
기상과 기후에 의해 삶의 영향 받는
밀접한 관계이다.

봄부터 겨울까지
사계절 변화가 뚜렷하고 기온 차 심한 겨울
삼한사온이다.

씨앗 뿌려 새싹 돋고
봄날 아지랑이 피고 지는 수분 필요한 시기
비는 보약이다.

뙤약볕 여름날 심술
곡식은 더위 아랑곳없이 무럭무럭 자라는 계절
적당히 필요한 시기 너무 많아 탈이다.

곡식 누렇게 익어가는 가을
수확 절정 시기 가장 바쁘게 움직이는 계절

비가 많이 오면 탈이 난다.

새싹 돋고 꽃 피는 봄
황사 미세먼지 초미세먼지는 삶의 훼방꾼
사는 것 살고 있는 것 초라하다.

여름 가을
비바람 천둥 번개 몰아치고 태풍 몰려와
시름 안기는 미운 계절이다.

단풍철 지나 서리 내린 날
겨울 시작 알림 하얀 눈 대설 소설 넘고
대한 소한 한파 몰려오는 계절
사는 것이 버겁다.

삶은 기상 영향
맑게 갠 햇볕 스며드는 좋은 날의 소망
비바람 폭풍우 불어도 씨앗은 싹 틔운다.

씨앗은
삶의 시련 아픔 참고 극복 푸르름 가득
희망 주고 거목 되는 힘 용기 준다.

비바람 폭풍우 사는 세상
인생길 우리 삶은 어렵고 힘든 인생 여정
헤쳐나가는
삶의 지혜 슬기 모아 힘 길러 새싹 틔워야 한다.

내일은
비바람 멎었고 해가 뜨는 파랗고 맑은 하늘
삶의 희망으로 웃음꽃을 주는
사는 재미 샘솟는 사랑꽃 피울 것이다.

약속

약속은
인간으로 살아가는 삶에 지켜야 하는
무언의 소중한 힘이다.

약속은
자신의 약속 가족 친구 직장동료 지인까지
지켜야 하는 것 많기도 하다.

약속은
신의 바탕 인간관계 지켜야 하는
신뢰 기본 의무이다.

약속은
사람과 사람 관계의 소중한 것
지키지 못할 상황 여건 되면 이해 용서 믿음은
신뢰이다.

지키지 못한 약속

처음부터 안 하는 것 사람 관계 기본이고
뒤처리 처세 잘해야 탈이 없다.

약속은
삶의 아름다운 지킴이 되기에 한 번 약속은
지키려고 노력해야 후환 없는 세상이다.

상대방과 하는 따뜻하고 포근한 약속
자신 모두 위해 지켜야 하는 책임 의무
무한신뢰 고속도로다.

낙엽

오색단풍
아름다운 멋 사라진 동네 길모퉁이
낙엽 뒹굴다 멈추더니 쌓인다.

단풍 지고 한잎 두잎 떨어지던 낙엽
물 꾸러미 바라보며 인생길 소풍의 삶을
뒤돌아본다.

낙엽이 진 빈자리
나무 숲속 다 보이고 앙상한 가지만 남아
삶의 쓸쓸함 나눈다.

인생길 낙엽 뒹굴 듯
세월은 말이 없고 시간은 가을 지나
겨울 왔음을 알려준다.

나무에 매달린 곱게 물든 자태
즐거움 나누고 누리던 잎사귀 세월 따라

낙엽 되어
땅바닥 뒹굴다 마대자루 담긴다.

긴 겨울 낙엽은
거름으로 환생 봄날 씨앗의 성장 돕는 밑거름
환생 역할 다한다.

긴 겨울 지나 새봄 오면
나뭇가지 새싹 돋고 커다란 잎사귀 되어
푸르른 녹음 주다 오색 옷으로 갈아입어
기쁨 환희 피는 웃음꽃 선물한다.

사람 사는 세상
베풂 나눔 실천하는 작은 배려의 마음
약자에게 꿈과 희망 주는
아름다운 사람 되라 한다.

안전제일

젊은 친구들
제조업 건설업 어렵고 힘든 일 뒤로하고
심신 편안한 여유 있는 직업 선택한다.

직업 귀천은 없다
사람은 있으나 일할 사람 없는 세상
외국인 250만 시대이다.

외국인 없으면
제조업 건설업 서비스업 식당에도
일의 시스템 멈추는 정상 작동 안 되는
불안이다.

1년 5년 10년 후에
우리 사회 어떤 모습으로 변할는지
백의민족 외국인 뒤 바뀐 세상 될까
근심 걱정 두렵기도 하다.

외국인 직업정신 사고
안전 불감증 대충대충 일 처리
어떤 일 일어날까 두려운 세상이다.

건설공사 현장
한국말 못 하는 비숙련공 넘쳐나고
체류 기간 짧아 의사소통 제한이다.

감독자 지킴 통제 없는 현장
일의 공정 없는 대충대충 일 처리
사고위험 생명 잃는다.

철근 덜 묶고 거푸집 공정하지 않은
책임감 직업정신 사라진 안전 불감증 확대
대형사고 원인 된다.

한 가지 일 두 번 세 번 반복은
업무 생산성 떨어지는, 하는 척하는 근로자 늘어
인증 숙련근로자 도입 확대해야 한다.

공사 현장의
근로자 감독 소홀 감독자 관리 감독 소홀
재난 상황 발생원인 시급한 안전대책 개선
필요한 시점이다.

안전제일은
사람 생명 지키는 최우선 지켜야 할 일
성실 정직 근면 일꾼
개인 직장 살고 나라 경제 피어난다.

사는 행복

행복은
마음먹기에 달려 있다고 말하고
즐거움 만들어 사는 재미 행복 찾으란다.

오늘 행복하면 최고의 삶
살아보지도 않은 내일 행복하겠노라
꿈꾸고 소원 빌면 무엇하리.

미래 대비한
시간과 돈 절약하여 비축하는 것
당연한 삶의 지혜 살아가는 방법이다.

오늘 행복하기 위해
써야 하는 돈 잠을 자고 있는 것은 아닌지
돌이켜 보라 한다.

삶의 공간
미래를 위해 희생해야 한다는 생각
현재의 삶이 행복하지 않다면 미래의 삶이 행복할까.

오늘 아름다운 삶과 행복을 위해
일하는 즐거움 얻어 삶의 보람 찾는 것
잘 사는 삶 잘 살아가는 삶 꿀맛 같은 오늘이다.

복수초

복수초
여러해살이풀 영원한 행복 슬픈 추억 꽃말
원수에게 복수의미이다.

긴 겨울 지나
얼어붙은 땅 뚫고 노란 꽃 아름다운 자태
봄이 왔다고 알린다.

얼음 뚫고 나온
복수초 강인함 절제 인내 꿈꾸면서
진정한 복수 꿈꾸는 꽃이다.

야생 아름다운 꽃
정화 소통 순리 희망 주는 꽃 야생 환경에 피는
강한 역경의 꽃이다.

봄 알리는 희망의 꽃
복수 아닌 아름다운 마음 꽃이 되어
인간 세상 정화의 꽃이면 좋단다.

사람 사는 세상
법과 규칙 잘 지키는 원수 복수하는 칼날 넘어
힘든 역경 이겨 용기 주는 아름다운 희망의 꽃이어라.

어린이집 가던 길

손자 준기
눈 비비고 일어나 맑은 소리 인사
"할아버지! 준기 일어났어요."라고
기상나팔 신호이다.

산부인과 탄생 후
집에 오고 백일 첫돌 지나 3년이 지나고
4년째 함께 산다.

할아버지 먹여 주던 우유병
밤새 배고픔 울먹이다 맛있다 잘 먹던 아이
혼자 사과 밥 먹는다.

할머니 도움 받아
세수하고 새 옷 입고 신발 신어 집 나서
어린이집 찾아 뚜벅뚜벅 걷는다.

가던 길 멈추고서

이웃집 담 너머 고개 내밀어 보고 가다 서다
다른 집 고추나무 만지며 신기한 듯 쳐다보며
관찰이다.

그 모습 본 할머니
얼굴에 웃음꽃 피고 동네 한 바퀴 돌고 돌아
걸어오기 잘했다
내일도 뚜벅뚜벅 걸어간다.

날 풀리는 좋은 날
손자 손잡고 뻥 뚫린 들녘으로 나가
자연 놀이 실컷 이야기꽃 피어나는
자연 동심 놀이 멋을 찾아 들려준다.

귀엽고 착한 준기
아프지 말고 다치지도 말고 건강하게 자라
소중한 꿈 먹고
인생 소풍 길 아름다운 삶 찾아 누리라 한다.

개구쟁이

하루 시작
날씨 흐리고 뿌연 하늘 훼방꾼 겨울비
다시 내릴 것 같은 분위기이다.

어린이집 등원한 준기
오후 4시 넘어 하교하고 집으로 오면
좋은 것 아니었다.

뚜벅뚜벅 걸어
킨텍스 넓은 마당 콘크리트 도로 위에 서고
물 찬 웅덩이 들랑날랑 웃음보 터트려 노는
신이 난 표정이다.

물 적신 신발
양말 척척 추운 날 아픔과 감기 몸살
동상 걱정이다.

집에 온 준기

젖은 신발 양말 다 벗고 싱크대 앞 의자 놓고
올라 냉장고 검색이다.

수돗물 켜 놓고
세제 풀어 빈 그릇 씻어내는 설거지 놀이
신기한 듯 재미 느끼고 지칠 줄 모른다.

우리 아가 귀여운 준기
모든 일상 신기하고 새로움 가득 무엇이든
해보고 싶은 모험심 크기만 하다.

타고난 소질 계발하는 창의
자유스러움 움직임 활동에서 자연스럽게 찾는
개구쟁이 놀이이다.

자유스러움 말 행동 움직이는 활동
아이 꿈 찾고 키우는 기회 도전의 시작
개구쟁이 놀이이다.

말과 욕

말은
말하는 사람의 인격 인성 품위 함축
말의 규칙 알고 해야 한다.

한번 내뱉은 말
다시 주워 입에 넣을 수 없는 것
신중 조심 최선의 상책이다.

품위 없는 말
어떤 말 무슨 말인지 알 수 없는 내면의 됨됨이
의심스러운 언어사용이다.

생각 없이 함부로 한 말
상대방에게 비수 되어 가슴에 꽂히는
평생 한으로 남아 증오심 유발한다.

가까운 사이
말 신중하고 조심하며 함부로 해서는

안 되는 말이다.

웬만하면
그저 그러려니 이해 용서가 필요한 삶
대꾸하고 싶지 않은 마음
살날 얼마 남지 않은 나이이다.

아는 척 모르는 척
그냥 그렇게 욕심내지 말고 살다
하늘에서 오라 하면
기쁘게 웃음꽃 피우며 간단다.

좋은 사람 행복을 위한 여백
말의 상처 없는 맑고 밝은 긍정의 삶
아끼고 가꾸어
사는 재미 웃음꽃 사랑꽃 피워 살라 한다.

나이와 건강

나이 들어가니
몸에는 하나둘 이상하다 건강 신호
알려준다.

1년 한번 건강검진
어디가 안 좋다 이상소견이 첨부되어
날아오고
눈 크게 뜨고 멈추어 집중 탐색이다.

마음이 감지하는 건강
몸에 나타난 이상징후 보이지 않고
깜짝 놀라 병원 찾는다.

진료 후 정밀검진
채혈 X-레이 CT 촬영 후 의사 판독 시작
이상 없음 약물 복용 치료 필요하다고 진단
병명 찾고 알아서 좋으나 걱정 하나 는다.

알아서 치료하는 기회 얻는
건강한 삶 찾아 숨 쉬는 또 한 번의 기회
세상이 바뀌어 병원 들락날락 일상들
장수비결이다.

돈 없는 사람
병원 진료비 처방전 약값 지불도 부담
돈이 있어야 치료받고
건강하게 사는 기회가 온 세상이다.

건강한 삶을 위해
아프지 말고 다치지 말고 잘 먹고 잘살고
잘 놀다가
하늘이 부르면 즐겁게 가자고 한다.

인생 소풍길
서두르고 무리수 없는 느긋한 기다림 안전 확보
급하면 지는 삶
사는 재미 보람 얻는 행복 열매 가득하다.

송년회

한 해의 끝자락
다사다난 한 해 고요한 밤 거룩한 밤 되어
저물어 간다.

학지연의 송년회 모임
눈코 뜰 새 없는 바쁜 움직임 활동
소화능력 감탄이고 감동이다.

해 질 녘이 되면
지하철 대중교통 자가용 올라
만남의 목적지 찾아
인연 보러 간다.

송년회 시작
우레 같은 박수 소리 장내 떠나갈 듯
웃음꽃 절정으로 피어올라
만찬 맛과 멋 다 누린다.

지치고 힘든 연말 송년회
그리워 보고픈 친구 찾아 가벼운 발걸음
한 해의 수고 노고 응원하고 격려한다.

건강한 송년회
휴식 여유의 조화로운 어울림 필요한
멋의 연말
새해의 큰 꿈 희망으로 복된 삶과 행복
찾으란다.

꿈과 희망

인간은 꿈을 먹고사는 사람
어린 시절 꿈 성장하여 무엇이 될 것인가
꿈꾸며 인생 설계한다.

초중고 대학 16년의 학창 시절
간직한 꿈은 성장하여 인생길 들어서
열심히 노력하여 살아온
꿈이 많았던 학창 시절이다.

꿈 희망의 첫발
직업이 중요하고 어디서 누구를 만난다는 것
오늘 미래 열어 안내하는 지시봉이다.

무한경쟁 젊은 시절
뜻대로 마음대로 쉽게 이루어지는 것 없는
산전수전 공중전 좌불안석 삶이다.

삶의 중요한 기회 오면

강한 스매싱 드라이브 걸어 기회 잡는 도전
짜릿한 성취감 얻는 희열의 맛
사는 재미 찾아간다.

인생 희로애락의 삶
실수투성이 인생길 가시밭길 최소화는
지혜 기지로 헤치고 나아가
마음 담아둔 소박한 꿈 이룬다.

꿈 소망 이루면
삶의 뒤안길 돌아보고 베풂, 나눔의 지혜
어렵고 힘든 사회 약자에게
빛 소금이 되는 삶으로 살라 한다.

모닥불

동장군의 계절
몸과 마음 움츠리고 걸음걸이 부자연스러움
얼어붙는다.

따뜻하고 포근한 온기
겨울이면 아랫목 생각 따뜻함이 그리운 계절
사람들은 춥다고 화들짝 놀란다.

개울가 숲 헤치어
장화 신고 물고기 잡기 헤엄치다 풍덩 하면
발은 차가움에 놀라 동상이다.

썰매 스케이트 얼음지치기
재미나는 겨울의 낭만 놀이 동장군 기세는
호호 불어 입김으로 몸 마음 녹인다.

그리움의 모닥불
나뭇가지 주워 모아두고 불쏘시개 지피어

활활 피는 모닥불
웃음꽃 만들어 몸을 녹여주니
스르르 졸음이다.

스르르 조는 사이
물 젖은 양말 모닥불에 태우고 뜨거워
눈뜨고 정신 번쩍
때는 늦어버린 후회뿐이다.

긴 겨울날의 추억
모닥불 피어놓고 둘러앉아 불 쬐면
물고기 고구마 구워 먹던 동심 속 세상
최고의 간식이고 멋이다.

모닥불
사람의 얼어버린 몸 마음도 녹여주는
추억 놀이
겨울날 영양제 충분 웃음꽃 준다.

혼자 먹는 밥(혼밥)

삼시세끼 먹는 밥
한 끼 이상 혼자 먹는 밥의 시간 혼밥 늘어나
기본 되는 세상이다.

서로 바쁘다는 이유 있는 핑계
오손도손 웃음꽃 피어나는 정겨운 식사 시간
온 데 간 데 사라져 찾을 길 없다.

자유의사 존중하는 세상
아이부터 어른까지 각자의 삶 존중하는 시대
알아서 먹는 밥상 된다.

사과 계란프라이
멸치 마늘 마른 김 하나 요기 가능한 밥 한 끼
별 반찬 없어도 맛은 좋다.

설거지 그릇 한두 개
가 설거지해두고 하루 한 번이면 해결되는

밥 먹고 사는 것 별거 아니다.

혼자 먹는 밥
고요한 공간에 좋은 느낌 분위기 있겠으나
삼시세끼 밥은 혼자 아닌 가족 모두 함께
먹는 밥 사는 재미의 밥맛이다.

혼자 아닌 다 함께 살아가는 세상
사는 날까지 오손도손 정사랑 나누고 누리는
웃음꽃 사랑 꽃 즐겁게 먹고살자 한다.

혼자 먹는 혼밥 맛은 좋다 말한다.

동심

대설 지나 겨울의 시작
동장군 몰려들어 찬바람 씽씽 불어대니
감기 독감 폐렴 아픈 사람도 많다.

삼한사온 영향일까
기온 21도 오른 따뜻하고 포근한 날
맥없이 무너지는 동장군의 기세이다.

우리 집 귀염둥이 손자 준기
오랜만에 자전거 타기 위해 헬멧 쓰고
집 나서 페달 밟아 추억 만든다.

겨울의 동심
논바닥 물 채워 밤새 얼리고 얼음지치기 준비
썰매 외발 스케이트 만들기 분주하다.

얼음 꽁꽁 얼음지치기
외발 스케이트 힘주어 앞으로 전진

대각선 반대 방향 빠르게 질주
이봉주 ktx 보다 빠른 느낌 호호이다.

함박눈 내리고 눈이 쌓인 날
눈사람 만들어 눈 코 입 그린 사람 형상 눈사람
한겨울 앞마당 웃음꽃 피었다.

소꿉친구 다 모여
두 편 나눈 눈싸움 웃음보 터트림 소리
추운 줄 모르고 뭉치고 던지고
손발 코끝이 시려온다.

동심은
한 방향 가는 것이 아닌 한마음으로 가는
동행의 길
몸 마음 따뜻 포근하였던 어린 추억의 그날
그해 겨울이 그립다.

그리운 동심 찾아 나서 보아도
찾아보기 힘든 흘러간 세월 써놓은 일기장
빛바랜 글 속에
죽마고우 함께하던 동심 꺼내 먹는 맛
최고이다.

팥죽 한 그릇의 사랑

생전 어머니 좋아하던 음식
며느리 오면 차에 올라 손잡고 시장 모퉁이
팥죽집 찾아간다.

액땜 자식 먹이기
정성 사랑 가득 담긴 일 년 중 동짓날 팥죽
어머니 사랑이다.

며칠 전부터 팥 고르기 시작
나쁜 팥 골라내고 좋은 팥 씻어 물 담아
부뚜막 큰 솥 넣어 삶아낸다.

동장군 엄동설한 기상
추위도 잊은 채로 찬물에 넣은 손 정성 사랑
빚어낸 새알 팥죽 행복을 주는 달콤한 어머니 선물이다.

팥죽 좋아하시던 우리 어머니
직접 빚기보다 시장 나가 설탕 듬뿍 넣은

팥죽 한 그릇 먹는 맛 익숙하신다.

다시 찾아온 동짓날
그리운 엄마 생각 가족 건강 선물 어머니 향기
시장 찾아 사는 재미 행복하게 살라 한다.

한없는 어머니 동지팥죽
그리움 되어 먹고 싶은 욕구 밀려오건만
아쉬움은 진짜가 아닌 짝퉁 팥죽 손 내민다.

올해 동짓날에
그리운 추억을 찾아 팥죽 한 그릇 사랑
나누고 베푸는 마음 갑자년 새해
용과 함께 건강하게 잘 살라 한다.

성탄절의 소망

눈이 오면 좋겠다
함박눈 가득 내려 두 팔 쭉 뻗어 하늘 높이
평화 축복 안아보는 기쁜 날이다.

한 해 저물어 가는 시기
온 누리 하나님의 사랑 울려 퍼지면
어렵고 힘든 사람 없는 기쁨과 즐거운 하루
웃음꽃 사랑꽃이 피는 축복의 날이다.

강아지 좋아 노는 기쁨의 하루
팔짝팔짝 뛰어노는 날 고요한 밤 거룩한 밤
온 누리 따뜻한 축복의 빛 머문다.

어렵고 힘들었던 한 해
쉬지 않고 열심히 걷고 달리고 뛰어온 끝자락
시름 가득 주름 하나 늘었지만
웃음꽃 피어나는 힘 희망이기 때문이다.

지치고 힘든 사람들
힘 용기 주어 다시 일어서는 기회 되고
맑고 밝은 세상 사랑으로 함께 나누고 누리는
건강한 새해 다짐한다.

예수 그리스도 탄생 기념하는 날
사람들에게 사는 재미 축복을 선물하는
마음의 안정 평화 얻는 기쁜 날이다.

세상 사람들
빛과 소금 나누어 꿈 희망 이루는 평화의 새해
안전 건강 소확행 소원 바람이다.

진실한 마음
함박눈 내려 달라고 소망하니 온 누리에
화이트 크리스마스 징글벨 울린다.

철없던 시절

나이 들어 돌아본다
철없던 시절 실수투성이 점철된 말 행동
상처 남긴 삶의 뒤안길이다.

부모
삶의 버거움 쌓여도 부족하고 힘든 내색 없던 마음
헤아리지 못한 울고불고 떼쓰기
미운 자식이다.

아버지 어머니 생각
허기진 배 움켜쥐고 배고픔 참던 시절
물 한 모금 입에 넣어 배 채우던 마음
몰랐던 철없던 시절이다.

산전수전 공중전 희로애락의 삶
산 넘고 물 건너 공중 넘나드는 좋은 세상
살만하니 철들어 찾아도 없다.

고생하신 부모님 찾아
효도하겠다 노크하여도 보이지 않는
부모님은 기다려 주지 않았다.

무심한 세월
철없는 실수투성이 먼저 간다
귀띔도 없이
일찍 말해주라 울먹임 후회뿐인 것
인생이다.

몸의 휴식과 여유

사람은 움직이며 산다
가족 친구 동기 모두 쉴 틈이 없는
일 사람들에 부딪히는 몸부림 가득하다.

이때쯤 쉬어가야 할 시간
바쁘다는 핑계 시기 놓치고 지나가면
몸과 마음 아프다고 아우성친다.

몸 아프니 쉬어가자고
신호 주어도 관심 없는 몸과 마음의 주인
무릎 치며
몸의 이상 신호 알게 된다.

몸 마음 찾아오는 위협 위기 상황
소리 없이 찾아와 숨바꼭질 놀이하다
신호 주지만
주인은 몸 마음 건강 이상 없다 자신이다.

일상 업무 바쁜 움직임 활동의 삶
이상 신호 감지되면
몸과 마음에 휴식과 여유가 필요하건만
시기 지난 후회 통곡한다.

내 몸 내 마음 망가져
초라하고 피폐한 모습 뒹굴어도
책임질 사람 없는 가족 친구 아닌
자신이다.

시간 상황 여건 탓 말고
몸과 마음 아프면 빠른 움직임
병원 찾아 진료 치료받고 휴식 여유의 시간
삶의 우선순위 건강 찾는 최선이다.

건강을 찾고 지키는 일
길고 긴 인생 소풍 길 제일이고 우선
삶의 가치이고 의미이고 부와 명예는 스치는 것
건강 우선이다.

한 번은 부귀영화 내려놓고
머나먼 하늘나라길 찾아 헤매며 가야 하는 인생
사는 동안

몸 마음 건강하게 살다 가자 한다.

일 돈에 찌들어 노예 되지 말고
낮잠 사색 혼자만의 여유 찾는
삶의 뒤안길 뚜벅뚜벅 걷고 앉아 웃음 지어
쉬어가라 한다.

아름답고 살아볼 만한 세상
자신의 존재 건강해야 삶의 가치 의미는
존중 존경도 받는 소풍
아름다운 세상 멋진 삶 누리는 지혜로운
인생이다.

□ 서평

건강한 삶으로 사는 재미와 행복의 서정
– 최정식 시집 『사람과 자연이 함께하는 삶의 소리』

최 봉 희(시조시인, 평론가, 글벗 편집주간)

최정식의 첫 시집 『사람과 자연이 함께하는 삶의 소리』를 정독했다. 이미 수필집을 두 권이나 출간한 최정식 작가는 새롭게 시인으로서의 작가적 면모를 펼치고 있다.

필자가 최정식 시인의 첫 시집을 읽고서 느낀 소감을 한마디로 말한다면 '건강한 삶으로 사는 재미와 행복 찾기'라고 말하고 싶다.

삶의 어려운 환경에 처해 있거나 육체적 건강을 잃은 분들에게 권하고 싶은 시집이다. 아픔을 위로받고 삶의 재미와 행복을 찾는 소중한 기회가 되면 좋겠다.

필자는 2018년부터 매주 금요일 오후 때마다 기회가 되면 연천의 종자와 시인박물관에서 방문객을 위한 안내자 역할을 하고 있다. 그때마다 방문객들이 내게 하는 질문이 있다.

"어떻게 하면 멋진 시나 글을 쓸 수 있을까요?"

나는 그때마다 보고 난 경치와 현상을 찾아서 보고 느낀 점을 적바림(메모)하라고 권유한다. 더불어 방문객에게 왼

손 손바닥을 펴보라고 권하면서 왼손 손바닥에 보이는 글씨를 찾아보라고 말한다. 그러면 대부분 사람마다 차이가 있지만 손바닥에 쓰여 있는 '시'라는 글씨를 찾아낸다.

이에 필자는 '누구나 시인이 될 수 있다.'고 당당하게 말한다. 물론 적바림하는 삶의 중요성을 말하곤 한다. 그러면 설명을 듣는 방문객은 파안대소하면서 시 쓰는 용기를 갖겠다고 말한다.

최정식 시인의 삶은 우여곡절을 겪은 파란만장한 삶이다. 그의 삶이 곧 시가 되고 있다. 그가 육십을 넘어서는 삶을 살면서 깨달은 그의 삶은 한마디로 적바림의 삶이었다.

먼저 그의 시 한 편을 감상해 보자.'

사람이 태어나
살아가는 삶의 길을 어디로 갈 것인가
그 길은 무한대로 열려있고
어떤 길을 갈 것인가는 선택의 문제이다..

삶의 길은 / 선택하는 시기 장소에서 선택되는 길은
중요한 요소이고
첫발의 길을 잘 선택해야 하는 기로이다.

삶의 길은 / 때로는 실수투성이로 점철되어 가지만
어느 시기와 장소에서
누구를 만나느냐는 삶의 진로와 방향을
안내한다.

(중략)

삶의 길은 / 기회를 만들고 도전을 이끌어내는
방향이고 피눈물 흘리는 애절함 절박함의
인내 노력 절제를 요구한다.
- 시 「삶의 길」 중에서 일부

사람마다 추구하는 가치가 모두 다르겠지만 일반적으로 건강한 삶을 원하는 것은 아닐까? 그렇다면 건강한 삶을 위해서는 어떻게 해야 할까?

프랑스 계몽가 장 자크 루소(Rousseau, 1712-1778)는 "자연으로 돌아가라"라고 말한다. 사람마다 아픔이 있고 건강을 잃으면 대부분 자연을 찾아서 휴양의 시간을 갖곤 한다. 내가 건강을 잃고 오랜 시간 헤매다 자연의 것을 찾아 자연의 순리대로 살아가는 삶을 살면 건강이 점차 회복되는가 보다.

루소의 철학은 '자연 상태에서 시작한다. 루소는 인간은 자연 상태에서 벗어나 사회 제도나 문화에 들어가면 부자연스럽고 불행한 삶을 살게 된다고 말한다.

갓 태어난 아이들은 아주 순수하고 선하지만 자라면서 나쁜 생각을 하거나 이기적으로 변하게 된다는 것이다. 다시 말해 사회와 문화가 아이를 망가뜨리는 것이라는 의미다. 그래서 루소는 사회와 문화를 비판하며 다시 자연 상태를 되찾아야 한다고 주장한다.

그는 인간다운 삶을 위해 모두 "자연으로 돌아가라!"라고 외쳤다. 하지만 사람들은 문화가 없는 자연 상태는 야만이라고 말한다. 이에 대해 루소는 그것은 '고결한 야만'이라고 반박했다. 이에 필자는 사람과 자연이 함께 하는 공존의 삶을 말하고 싶다.

필자는 매주 금요일에 경기도 연천의 '종자와 시인박물관'을 방문하여 자연과 만난다. 매주 2박 3일의 시간이지만 자연에서 배우는 것이 참 많다.

첫째는 자연과 만나고 대화하면서 느끼는 삶의 섭리다. 필자는 연천의 종자와 시인박물관 시비 공원에서 맨발 걷기를 종종 한다. 자연과 한 몸이 되어서 자연을 경험하고 싶은 것이다. 최정식 시인도 나와 같은 경험을 시로 대변한다.

자연은
아프다고 비명소리 높기만 하고
산과 들녘 강과 바다
사랑하라 말하네.

자연은
비 맞으니 사람이 먹는
채소류는 주저앉고
들풀과 잡초는 왕성하네.

자연은

호미질, 낫을 들고
풀을 뽑고 베려고 하였거늘 힘들면
곡식을 심으라 귀띔하네.

자연은
선조의 사랑 받아 자랐지만
세상의 변화에 짓밟히고 파괴되어
울고 싶다고 하소연이네.

자연은
흠집 내지 말고 본래의 자연으로 돌아가
돌려주면 좋겠다고 하소연하네.

자연은
오염시키지 말고, 버리지도 말고 가져가
좋은 세상 맑은 삶을 손자와 손녀에게
물려주라 하네
- 시 「자연의 섭리」 전문

　요즘 각 지역에서 선풍적인 인기를 얻고 있는 것이 '맨발
걷기'다. 욕심을 내려놓고 나를 벗어놓는 삶, 자연과 함께
걸어가는 삶을 살라는 것이다.
　종자와 시인박물관에는 '무(無) 카페'도 있고 '무(無) 포
토존'이 있다. 기를 쓰면서 오늘도 끌고 가는 것이 혹시 욕
심이 아닐지? 그리고 그 욕심으로 인해서 우리는 증오심으
로 사는 것은 아닌지 자신을 성찰하게 한다.

종자와 시인박물관 신광순 관장님은 기회가 있을 때마다 법에 대해서 강하게 말한다. 법(法)은 하늘의 물과 빗물, 그리고 지하의 물이 흘러가는 것과 같은 것이다. 물은 높은 데서 낮은 곳으로 흘러간다. 흐르다가 길이 막히면 멈추고 기다리는 것이 법이라는 것이다. 최정식 시인도 연천 한탄강을 방문할 때마다 자연의 소중한 가치를 말한다. 자연과 하나 되는 삶을 강조하는 것이다.

평강 장암산에서 시작된
긴 물줄기는 거친 비바람 맞으며 살이 깎이는
고난의 세월을 넘어 임진강과 만난다.

포탄이 빗발치는
6.25동란의 치열과 암울한 전쟁터에서
아픈 상처로 한탄강은 울었다.

다리가 끊기고
후퇴하지 못하니 한탄하며 죽었다는
서러운 넋을 어루만져 위로하여
잠들게 하였다.

치열한 공격과 방어 넘나들며
백마고지 단장의 능선 김일성 고지 전투는
한많은 영혼을 달래주라 한다.

평화가 머물던

군부대 포탄 사격에 또 한 번 상처를 입고
아파서 운단다.

검은 색깔 화강암, 현무암
하천 침식으로 주상절리, 협곡을 만들어
국가와 세계의 지질공원이 되었다.

깊이 파인 재인폭포
검은 색깔 화강암, 현무암은 계곡과 친구 되어
아무런 말도 없이 발길 머물게 한다.

세계지질공원 한탄강
자연경관이 빼어나니 그 모습 훼손 없이
후세에 전하는 선물이 되어
유유히 흘러 바다로 간다.
– 시 「한탄강은 말한다」 전문

　연천의 한탄강 지역은 유네스코에서 지정한 지질공원으로
선정되어 주상절리가 유명하다. 그 아름다운 자연경관을
훼손 없이 후세에게 전하는 선물이 되어야 한다는 것이다.
그 강물이 유유히 흘러 바다로 가는 것처럼 말이다.

시작은 서툴러도
연필로 지우고 쓰기를 여러 번 반복하니
조금은 나아진 느낌이다.

지난날의 고달팠던
고난과 고통의 아픈 기억 틈바구니에서
많이도 울고 아파했다.

아파보고 울어보니
애절하고 절박한 심정은 마음 움직이고
실타래 풀리듯 자판을 두드린다.

애절과 절박함은
아름다운 웃음꽃으로 승화시켜 주고
재활과 치유의 성공을 알려준다.

시작은 어렵지만
손자와 손녀의 재롱 바라보며
할아버지는 거르지 않는
일기를 쓴다.

노년은
외로울 틈이 없고, 사람을 만나고
자연과 친구가 되어 사색의 삶을 노래하는
글을 쓴다.

내일은
어떤 글감을 찾고 소재를 얻으려는지
하루와 한 달 1년과 10년이 금방이다.
응원과 기대를 한다.
– 시 「글 쓰는 남자」 전문

인류의 역사는 도전과 극복의 역사가 아니겠는가. 최정식 시인이 겪은 삶의 시련도 극복의 역사라 할 수 있다. 어느 하루도 쉽게 지나가는 법이 없다. 꼭 작은 사건이 생기고 작은 걱정이나마 겪게 되는 법이다. 시인은 이를 놓치지 않고 적바림으로 적는다. 일기를 쓰고 있다. 연천의 한탄강이 그랬듯이 그 아픈 역사를 기억하고 있다. 아울러 역사의 큰 여울이 되어 유유히 흘러가고 있다. 이러한 어려움을 극복하면 나중에는 미소를 머금게 된다. 견디기 힘들었던 일일수록 극복하는 기쁨이 있다. 더 즐겁게 유쾌하게 느껴지는 것이다. 공기의 저항이 있기에 비행기는 뜬다. 삶의 저항들이 우리를 깨닫게 한다. 시인은 시로 그 깨달음을 남기는 것이다.

길고 긴 삶 속에
잠깐씩 주어지는 즐거움의 행복 찾아
길 떠난다.

해님은
이른 새벽 찾아와 낮에 머물더니
해 질 녘 붉은빛으로 변화한다.

좋은 세상
어디서든 저녁노을 만나 그윽한 향기에
취해 소원을 담아 보낸다

오랜 시간
머물다가 희망의 등불 되어주면 좋으련만
잠깐의 진한 맛 보여주고 숨는다.

저 멀리 수평선 끝자락
노을이 머물다간 자리에 붉은 꽃 피고
세상 사람들 근심 걱정 다 갖고 가겠단다.

세상 사람 저녁노을이 주고 간 큰마음으로
이해 존경 배려 용서의 마음 베풀고 나누면서
건강한 삶으로 즐거운 행복 찾아 살라 한다.
  - 시 「저녁노을」 전문

저녁노을을 보고 느낀 삶의 감회, 이제 인생의 저녁노을을 맞이하는 작가의 마음이 숙연하다. 자연과 나, 객관적인 것과 주관적인 대상, 실질적인 물질세계와 정신적 영역이 서로 어우러지고 분간이 가지 않을 정도로 하나가 되는 삶, 그것은 작가가 추구하는 삶의 가치이다.

물아일체(物我一體)란 대상과 자신 사이에 분리나 경계가 없다는 것이니, 대상에 완벽하게 '몰입'하는 경지에 이르는 현상이다.

예술가나 작가가 작품에 온전히 몰두하여 시간과 공간을 초월하는 경험을 말하며 '황홀경'이라는 단어로 대체하여 표현할 수도 있다. 요즘은 이러한 물아일체의 경지를 찾기 위하여 다양한 취미 활동을 한다. 명상이나 요가와 같은 정신을 정화하는 행위가 있고 또한 자연과 일체감을 추구하는 여행은 물론 맨발 걷기, 캠핑 또한 인기가 많다. 최정식 시인도 그런 물아일체의 경지를 추구한다.

내 나이
60을 넘어 70으로 잘도 흘러가는
세월의 무게는
잡아둘 수가 없다.

내 나이
아직은 젊은 날 다 놀지도 못하고
일찍 하늘나라에 소풍을 가버린
친구들도 많다.

내 나이
아직은 젊은 청춘 젊음이 샘솟는
가장 좋은 날
더 늦기 전에 세상 구경하자 한다.

잘나고 못나고
아무것도 필요 없는 마음 하나이면
나이가 필요 없는
이 세상 모두 다 내 것이고 얻을 것이다.

인생길
쉼 없이 달려온 삶들의 얼룩진
사랑 욕심 배신 허물 사람

내리어 놓고 생각을 말라 한다.

아직은 젊은 날
뒤척이거나 망설임이 없는 신선함은
사는 재미 행복 찾고
잘살았다 노래 불러라 한다.

오늘은 젊은 날
아름답고 황홀한 멋 찾아 움직임
활동반경 넓혀
베풀어 함께 나누고 누려야 한다.

나이아가라
살아 숨 쉬는 세상에서 가장 젊은 날
붙잡지 말고
나이 너는 먼저 가거라.
- 시 「나이아가라」 전문

　나이아가라 폭포를 만난 시인이 동음이의어를 동반한 언어유희를 즐긴 시다. 거기에 물아일체 뜻은 동양철학에서 자주 언급되며 불교나 도교 같은 종교에서의 핵심적인 개념입니다. 사물과 나 사이의 경계선을 지우고, 모든 것이 상호 연결되어 있다는 사실을 강조한다. 이를 통해 인간사와 자연, 나아가 우주 전체가 서로 조화롭게 영향을 주거나 받는다. 따라서 이런 정신을 기반으로 모든 대상에게 선한 행동을 추구해야 한다는 행동 지침을 주기도 한다.

사랑, 욕심, 배신, 허물, 사람 내리어 놓고 생각을 말라고 한다. 베풀고 나누는 삶을 황홀경으로 표현한다. 내면의 수양으로도 물아일체의 개념이 사용된 것이다. 자신을 우주의 한 부분으로 인식하는 삶, 모든 존재와의 연결감을 느낀다면 보다 더 평온하고 행복한 삶을 살게 되는 것이다. 시인은 이를 깨달은 것이다.

존중과 이해, 배려의 중요성을 일깨워 주는데 특히 인간과 자연의 조화로운 공생을 추구한다.

도심 속
상수리나무 아래
이른 아침 동네 사람 하나둘 모여
주워 담기 바쁜 움직임이다.

멀리서 바라보는
다람쥐 한 마리 얼굴 비비며 하는 말
'어라! 사람들이 내 밥 다 훔쳐 간다.'

겨우내 먹을
다람쥐 식량 도토리는 영양 높은
최고의 식량이라고 몇 개라도 남기라고
비벼댄다.

사람들
다람쥐 식량을 싹 쓸어 가니
양식창고 비어 골프공 갉아먹는다고

일그러진 미간으로 하소연이다.

자연과 사람
서로 아끼고 사랑해야 하는 공생관계
작은 배려는 힘에 부친 자연 사람들에게
큰 힘이다.
– 시 「도토리와 다람쥐」 중에서

환경 보호와 지속 가능한 발전은 최근 뜨거운 감자로 떠오른 이슈로, 국제적인 노력이 강조한다. 재생 에너지의 사용을 촉진하고 탄소 배출을 줄이는 노력, 생물의 다양성을 보호하고 산림을 조성하는 등의 노력을 기울인다.

한로와 입동 사이
첫서리 내린다는 상강에 많이도 춥고
비바람 천둥 번개 무섭다.

나뭇잎 사이
아늑하고 포근한 나뭇잎 멍석에 놀던 개구리
놀란 표정 화들짝 깜짝 놀란다.

어라 내려갈 시간이네
산에서 내려와 도로를 횡단하는 작전 개시
명령의 시작 공격개시선이다.

죽을 둥 살 둥

다리야 나 살려라
도로를 횡단하지만
지각한 줄 잘못 선 개구리
눈물의 로드킬 희생양이다.

상강이 알리는
자연보호 생태계 교란 파괴는 눈치 없고
순진한 개구리의 생명만 앗아간다.

자연과 생태계 보호
사람들의 쉼터이고 건강을 지키는
힘의 공생관계
이동통로 만들어 지키라 한다.
- 시 「상강과 개구리」 중에서

 자연과 인간이 사는 공생의 삶, 개인적인 영역으로는 플라스틱의 사용을 줄이고 개인 텀블러를 사용하는 등의 소소한 실천이 필요하다. 인간이 푸른 자연을 오랫동안 가까이서 즐기는 물아일체를 위해서는 책임감이 필요하다.

살아보니
인생 소풍 길 마음가짐을 어떻게
가지느냐는
삶의 가치와 보람을 찾는 열쇠이다.

긍정 적극적인 마음

잡스러운 생각 부정한 생각 위선의 늪에
빠지지 않게 하는
삶의 안내자이고 바른길을 인도한다.

베풀고 나누는 넉넉한 마음
물질 우선의 삶이 아닌 사랑을 나누는
사람 내음 인간미가 있는
값진 삶의 선물이고 행복의 지름길이다.

웃음꽃 사랑꽃이 피어나는 마음
친구 관계 가족 사랑과 행복의 시작이고
고운 열매 맺어
넉넉한 사랑을 나누고 누리는 기회이다.

씨앗을 뿌리는 마음
봄부터 겨울까지 일 년의 행복이 아닌
사는 동안 누리는
큰 사랑의 열매로 다가와 기쁨 행복을
선물한다.

평화를 얻기 위해
미움 불평불만 부정한 마음보다
사람다운 참모습의 마음은
사는 재미를 주는 풍요와 희망으로
삶의 등불이 된다.
– 시 「마음 가짐」 전문

성공이란 무엇일까? 내 안에 기쁨이 들어와 행복하다는 생각이 자주 드는 상태가 아닐까? 많이 소유하고 높은 자리에 올랐지만, 그 안에 기쁨이 없으면 성공의 대열에 섰다고 할 수 없다. 참된 행복에는 감사와 기쁨이 있다. 다른 이들에게 좋은 영향력을 끼친다. 최정식 작가의 삶이 그렇다. 치열하게 살던 아픈 삶 속에서 큰 고난을 이겨내고 글을 쓰는 삶, 한마디로 성공한 삶이다.

아무리 작은 일이라도 자신이 하는 일을 통해 기쁨을 누리고 다른 사람에게 좋은 영향력을 끼친다면 그 사람은 진정으로 성공한 사람인 것이다.

최정식 작가는 행복을 찾고 기쁨을 찾는 삶을 살고 있다. 그래서 그의 삶은 성공한 삶이다. 삶 속에서 기쁨을 쓰는 수필가가 되었고 어느덧 행복을 노래하는 시인이 되었다.

어린이집 갈 시간
준기는 예쁜 옷 귀공자로 멋을 내고
유모차 자전거 올라 안전띠를 매더니
출발이다.

집 앞 모퉁이
출발은 좋았으나 움직임의 변화를 느낀 듯
고개 돌려 살피더니
할머니 그림자 찾는 울먹임이다.

세 살 아이
감각 느낌은 다 컸다고 탄성이고

해맑은 얼굴로 선생님 안내받아
어린이집 등원한다.

세 번째 생일날
할아버지와 둘이 하는 어린이집 등원
손자 사랑 임무 완성이고
할머니 손주 사랑 한없는 사랑이었더라.

생일잔치
화려한 무대 촛불 피어나고
축하 노래 호호 불어 끄고 나니 케이크 절단
박수 소리 요란하다.

우리 아가 준기
먼 훗날 할아버지 일기를 꺼내 들추며
생일날 유년기 추억 찾아 맛을 보며
꿈 찾아갈 것이다.
        - 시 「어린이집에 가던 날」 전문

　시인이 손자 '준기'를 어린이집에 보내는 소회를 적은 시
다. 먼 훗날 할아버지의 일기를 꺼내 보길 소원하면서 손
자 사랑을 담은 시다.
　손자 아이가 행복하다고 느낄 수 있다면 그것으로 충분하
다. 행복감이 아이의 삶을 아름답게 가꾸기 때문이다. 할아
버지의 행복감은 아이를 긍정적으로 지혜롭게 자라게 한
다. 사람과 감성도 풍부하게 한다. 다만 어른들이 기다려
주지 못하기 때문에 아이가 불안해할 뿐이다. 할아버지의

사랑에서 출발한 행복감은 부작용이 없다. 많이 행복을 느끼는 아이는 많이 사랑하는 어른으로 자라기 때문이다. 이런 손자 아이가 아름다운 삶을 만들어 낼 수 있으리라.

행복은
마음먹기에 달려 있다고 말하고
즐거움 만들어 사는 재미 행복 찾으란다.

오늘 행복하면 최고의 삶
살아보지도 않은 내일 행복하겠노라
꿈꾸고 소원 빌면 무엇하리.

미래 대비한
시간과 돈 절약하여 비축하는 것
당연한 삶의 지혜 살아가는 방법이다.

오늘 행복하기 위해
써야 하는 돈 잠을 자고 있는 것은 아닌지
돌이켜 보라 한다.

삶의 공간
미래를 위해 희생해야 한다는 생각
현재의 삶이 행복하지 않다면 미래의 삶이 행복할까.

오늘 아름다운 삶과 행복을 위해
일하는 즐거움 얻어 삶의 보람 찾는 것
잘 사는 삶 잘 살아가는 삶 꿀맛 같은 오늘이다.
- 시 「사는 행복」 전문

시인은 고난의 삶이었고 몸도 아프고 힘든 삶이었지만 스스로 고백한다. 꿀맛 같은 오늘을 살고 있다고.

 필자는 최정식 첫 시집을 읽는 동안 그의 삶은 '긍정의 씨앗'이었다고 느꼈다. 행복도 자라고 불행도 자라지만 작은 일에 충실하면 큰일에 대한 두려움이 없어진다. 작은 일에 불평하면 아무것도 아닌 일이 불행의 시초가 된다. 길가에 핀 꽃을 보고 노래하는 시인은 손자의 작은 웃음에서 하나, 가족의 환한 웃음에서 행복과 성공을 예감한다. 시인의 마음 밭에 긍정의 씨앗을 뿌리면서 살고 있다. 다음의 시에서도 행복의 답을 찾을 수 있다.

오늘은
하고 싶은 말 해 줄 말도 없는 평화 바라는
마음의 기다림이다.

농부는
씨앗을 뿌린 후 잘 익은 열매 하나 따기 위해
이마에 맺힌 땀방울 훔쳐내는 기다림 시간이다.

꽃은
동토의 땅에서 숨 고르기 하다가
봄바람 이는 아지랑이 너울거림의 햇살을 받아
싹을 틔우는 기다림이다.

먼 길을 가기 위해
버스 열차 전철 등의 정거장에도
출발시간의 기다림이 필요하다.

꿈은
오랜 시간의 노력으로 결실을 얻기 위해서는
기다림의 시간이 필요하다.

낚시터에서
물고기가 찾아와 입질할 때까지는
기다림의 시간이다.

기다림
발 동동 서두름이 아닌
마음을 다스리는 인내로
느림보가 되어야 한다고 알려서 귀띔한다.

오늘내일
그립고도 보고픈 사람
안전 건강을 위해
기다림의 시간을 갖자고 세월은 알려준다.
– 시 「기다림」 전문

시인은 글을 쓰면서 행복을 기다린다. 평화를 기다리면서
안전하고 건강한 삶을 위해서 기다림의 시간이 필요하다.
빈센트 반 고흐가 말이 생각난다.
"삶을 사랑하는 최선의 길은 사랑하는 것이다."
삶은 분명 생명을 갖는다. 한 사람 한 사람이 삶은 희망
을 품은 역사다. 그로 말미암아 이 세상에 행복의 가치를

더하는 것이다. 삶은 누구의 것이든 엄숙하고 귀하고 소중하다. 이 삶을 아름답게 하는 최선의 길은 자연을 사랑하고 이웃을 사랑하는 삶이다. 많이 사랑하는 사람이 건강한 삶을 사는 것이다.

최정식 시집을 읽고 난 후의 필자가 내린 결론은 이렇다. 우리 안에 사랑이 있다면 우리는 이미 행복한 삶을 살고 있다. 다만 그 삶을 일기를 쓰는 적바림으로 이웃과 나누는 삶이냐 아니냐에 달렸을 뿐이다. 아침마다 사랑의 인사를 나눌 때 우리의 삶은 최상의 삶을 사는 것이다.

그런 의미에서 최정식 시인은 최상의 삶을 사는 것이 아닐까? 수필가로 시인으로 성장한 삶, 그는 삶을 사랑하는 마음으로 쓰고 있다. 그래서 그의 삶은 건강하다. 자신의 삶을 아끼고 다른 사람의 삶을 사랑하는 마음으로 글을 쓰고 있다. 그래서 그의 시는 좋은 시다. 머리가 아닌 가슴으로 쓰는 글, 머리로 글을 쓰면 머리가 아프지만, 가슴으로 글을 쓰면 마음이 행복한 법이다.

내 사랑의 노력이 누군가를 기쁘게 한다면 그것만큼 아름다운 사랑은 없다. 그때부터 글쓰기도 세상도 나도 다 즐거워지는 법이다. 이것이 행복이 아닐까?

최정식 시인의 시집 「사람과 자연이 함께 하는 삶의 소리」를 통해서 건강한 삶으로 사는 재미와 행복을 맛보았다. 이제 그의 삶이 더욱더 젊어지기를 소망한다. 젊어지는 데는 오랜 시간이 걸린다. 많은 사람은 나이가 들고 나서야 인생의 참가치를 깨닫는다. 그래서 늙는 것은 아무 노력 없이 자연스럽게 진행되지만 젊어지려면 더 깊고 많은 노력과 용기가 필요하다. 여행, 사랑, 새로움, 자유, 정직, 순수, 정의, 모험…. 이런 것들은 인생을 두루 둘러본 다음 얻을 수 있는 미덕이기 때문이다.

나이가 든다는 것은 '무언가를 더 쌓는다'는 의미다. 삶의 질곡을 살아가는 동안 그 안에는 수많은 이야기가 쌓이고 지혜가 고이는 법이다. 최정식 시인은 열정과 열심으로 삶을 연주하던 시절을 지나 이제 사랑과 행복으로 삶을 연주하는 시간을 살고 있다. 노년의 삶이 품고 있는 오래된 것의 소중함과 아름다움은 하루아침에 이루어진 것은 아니다. 끊임없는 노력과 시간이 필요하다. 마치 악기가 오래될수록 깊고 좋은 소리를 내듯이.

끝으로 그의 시 「아름다운 노년의 삶」을 정독하면서 마무리할까 한다. 다시금 그의 건강한 삶, 행복한 삶을 응원한다.

노년의 삶은
어떻게 어떤 방법으로 대인관계를 맺으며
외롭지도 않은 건강한 삶을 살아야 하는지
조심이고 걱정 가득하다.

삶을 다하는 그날의 순간까지
안전하고 아프지 않고 넘어지지 않으면서

건강하게 사는 것이 최고의 행복이다.

품 안의 자식
키울 때 정성 다한 애지중지 꿈과 희망을 안고
잘살고 잘되라는 바람 자식 사랑이다.

부모와 자식 관계
가족사랑 우선의 마음이나 각자의 삶을
개척하고 발전시켜 살아가라 한다.

외롭지 않은 노년의 삶
할 일이 있는 것이 우선이고 돈과 취미
소통하는 가까운 친구가 있어야 한다.

노년의 돈
금전적 여유는 필수이고 주머니를 비우면
비참한 노년으로 자식 주지 말고
있는 돈과 재산 꼭 쥐고
베풀고 나누는 삶이어야 한다.

노신사의 마음가짐
긍정과 적극 자신을 가꿀 줄 아는 청결의 심신
눈으로 보고 귀는 열어 놓데 입은 닫아
잘난 척하는 말을 줄여 덕을 쌓아야 한다.

젊음과 세대 차이
노년이 되었음을 알게 되어 서글픈 세상

서로 다름과 다양성 인정하고
아는 척 모르는 척 스쳐 가는 인생이 편안한 삶이다.

꾸준한 자기 계발
자기를 가꾸는 일에 게으름 없는 개발
무리는 말고 건강백세로 가는 아름다운 행복의 시작이다.

건강백세
건강에 좋다는 물과 과일, 단백질 보충은 필수
낮잠도 자고 무리수 없는 느긋이 쉬어야 산다.

노년의 삶
근심 걱정 줄이고 말을 아끼고 행동하며
아프지 않고 다치지 않는 건강을 지키는 일에
소홀함이 없는 자신을 위한 삶을 살아가라 한다.
— 시 「아름다운 노년의 삶」 전문

■ 글벗시선 215 최정식 첫 번째 시집

사람과 자연이 함께하는 삶의 소리

인 쇄 일 2024년 6월 29일

발 행 일 2024년 6월 29일

지 은 이 최 정 식

펴 낸 이 한 주 희

펴 낸 곳 도서출판 글벗

출판등록 2007. 10. 29(제406-2007-100호)

주   소 경기도 파주시 와석순환로 16,(야당동)
롯데캐슬파크타운 905동 1104호

홈페이지 http://guelbut.co.kr

E-mail juhee6305@hanmail.net

전화번호 031-957-1461

팩   스 031-957-7319

가   격 15,000원

I S B N 978-89-6533-284-8 04810

* 잘못된 책은 바꿔 드립니다.